兩岸文學對話錄

目次

「兩岸文學對話」開幕式

時　間：2016年12月9日10:20-10:50

主持人：胡衍南

嘉　賓：張國恩、阿　來、陳義芝

（依發言順序）

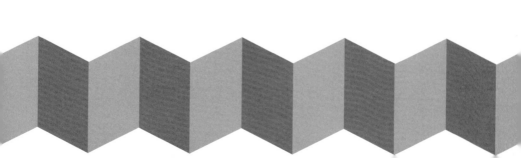

胡衍南：

各位來賓，今天這個「兩岸文學對話」活動是由臺灣師大全球華文寫作中心和中國現代文學館，兩個單位聯手主辦。非常感謝籌辦過程中許多朋友的協助，以及兩個單位為此付出辛勞的同仁。另外，這次活動還有一個協辦單位：臺灣師大圖書館，因為這陣子正好是臺灣師大的閱讀節，所以今天才有這麼好的場地。我在此代表三個主辦、協辦單位，歡迎並且感謝大家參加為期一天半的活動。這次的活動採取大型沙龍的方式，用一種比較輕鬆的形式來進行兩岸作家之間的交流。首先，歡迎遠道而來的將近二十位大陸作家，對於你們不辭辛苦來到寶島臺灣，我以感動的心熱烈歡迎你們。此外，在座有許多臺灣作家一大早就來參加開幕式，你們的支持是對文學交流的肯定，相信將來華文文學的發展會有更好的成績。

接下來介紹幾位開幕式致辭的貴賓，包括臺灣師大的張國恩校長、大陸作家團的團長阿來老師、以及代表臺灣作家的陳義芝老師。待會兒在貴賓致辭之後，我們會有一個重要的感謝儀式，在這裡先賣個關子。首先歡迎一向支持全球華文寫作中心相關活動的張國恩校長。

張國恩：

胡主任、阿來主席、義芝老師、國能老師，以及大陸來的所有作家，大家好。我代表師大感謝大陸來的朋友，也非常感謝全球華文寫作中心舉辦這樣的活動，創造這個平臺，讓兩岸的作家可以互相交流。臺灣師大這幾年非常重視寫作，希望能夠通過寫作去帶動文學的氣氛。

實際上，一個好作品可以影響的層面又深又寬，甚至比科學的成果還要深入、還要廣。也是因為這樣，學校在五年前就開始聘請世界各地非常重要的作家來擔任講座教授。從那時候開始，我們就希望文學院、國文學系能夠支持設立類似的行政中心、開設相關的學分課程，培養學生用各種不同的角度創作。

這幾年來，臺灣師大全球華文寫作中心跟大陸作家、海外作家有非常積極的交往，持續推動相關的文化交流和創作思維。兩岸本身有相同的文字跟文化，透過今天這樣的機會彼此交流，讓我們看看彼此對未來的創作有沒有新的看法、新的思路？希望以後兩岸都有很好的作品來影響師大的師生。我認為大家應該有這樣的一個心胸跟看法——寫作交流不只是互相影響，還要影響大眾，影響當代，影響未來。同樣的道理，如果我們以這樣的想法進行創作，一定能夠創造更大的文學價值。

值得一提的是，師大國文系是臺灣中文學門最早成立博士班的科系。此外，我們有國語中心，有很多外國人來這邊學習。可以說，我們在普及中國傳統藝術上面，做出了重要貢獻。未來也許透過整合，嘗試找出跨領域、不同形式的創作，除了傳統的紙質創作以外，或許還可以進一步思考：未來有沒有可能透過科技、在具有新思維的新媒體上發表創作？我相信這些都是我們可以做的事業，而且它是非常有趣、影響深遠的一個事業。

相信經過全球華文寫作中心的努力，臺灣作家跟來自對岸的所有貴賓，一定能夠開拓出這樣的火花。當然，在這邊我也代表臺灣師大圖書館，感謝中國作家協會捐贈的一千餘冊圖書，我們完成編目後會馬上放在圖書館裡面供大家借閱。師大圖書館每一年的借閱量相當龐大，主要是因為學校位處市中心，所以有很多校外人士也會到師大圖書館使用書籍。我們會盡量透過各種管道來推廣各位的作品，也讓師大學生理解、分享各位的生命經驗，謝謝各位。

胡衍南：

謝謝校長，我也利用這個機會，向在座大陸作家及本地貴賓做一個報告。大陸或許有不少高校設立了像我們這樣的寫作中心，但是在臺灣將近兩百所大學裡面，唯一以推動文學創作為志業的，大概只有臺灣師大的全球華文寫作中心。這個中心是由張校長所催生，他一直不遺餘力地支持寫作中心推動相關藝文活動，我再次感謝校長對我們的支持。

容我提醒所有貴賓，特別是大陸作家，請不要覺得今天只是尋常地走進一所大學校園而已。在張校長的指示下，全球華文寫作中心不只服務師大師生，我們是為整個臺灣社會、甚至是為全球的華文寫作者服務，也就是剛剛校長所說「文學交流平臺」這樣的概念，所以這場在校園舉辦的活動吸引了許多社會人士參與。寫作中心希望所有使用華文、也就是中文創作的朋友，都可以通過我們達到彼此交流、互相學習，這兩天的論壇也是向全臺灣社會提供這樣一個交流的平臺。

此次來自大陸的作家團，就我所知應該是兩岸三十年來最龐大的一個，而且很榮幸的，邀請到的每一位都是非常卓越的作家。這個團的團長，是在大陸非常受敬重、在臺灣也有很高知名度的四川省作協主席阿來，接下來我們請阿來老師代表大陸作家說幾句話。

阿來：

張校長，各位同行，各位老師，各位同學，大家好。本來作家該說自己的話，但是受到委託，就是這個活動的主辦方——中國現代文學館沒有來人，但是他們說一定要把他們的聲音傳來。現在我要把這兩段話代表現代文學館獻給大家。現代文學館對二〇一六兩岸文學對話活動的召開，表示祝賀，也向臺灣師大全球華文寫作中心的老師和同學們付出的辛勞，表示誠摯的感謝。兩岸文學交往，因為有著共同的文化源頭、相似的文化特質，是兩岸文學交流對話的基礎。現代文學館能夠參與這樣一個重要的工作，覺得非常榮幸。中國現代文學館是在巴金先生倡導下，在一九八五年三月建立，目前館中收藏現當代作家的著作手稿、書信、日記、照片等文學檔案資料七十餘萬件，是中國現代文學的資料中心，集文學展覽、圖書館、檔案館以及文學研究交流功能於一身，也是目前世界上最大的文學博物館。

現代文學館是非常開放的，不只是向大陸的作家、研究者開放，也邀請臺灣的同行，可以在那邊從事相關的工作。文學館的建設離不開臺灣作家的大力支持，柏楊、紀弦、林海音、陳映真、張秀亞等二十多位臺灣作家，將近兩萬多件著作、手稿、書畫捐給文學館。文學館始終致力於兩岸文學交流，二〇〇九年以來，中國現代文學館與臺灣文學館、文訊雜誌社合作，分別在北京和臺北舉辦了三屆兩岸青年文學會議，推動了兩岸青年作家的學術交往。多年來，由文學館承辦的兩岸文學學術研討會，作家的紀念、聯誼活動近百場，有力地推動兩岸文學交流。臺灣師範大學引領臺灣學術風向，全球華文寫作中心更是致力於打造漢語寫作的中心地帶。今天兩岸作家聚會於此，我們期待兩岸作家的精彩對話，為漢語寫作的不斷創新發展譜寫新篇章，預祝本次活動圓滿成功，謝謝大家。

胡衍南：

謝謝阿來老師。中國現代文學館跟臺灣師大全球華文寫作中心一樣，每年都舉辦非常多的文學交流和學術研討活動，所以我們這次感到非常榮幸，可以跟中國現代文學館一起致力於華文作家之間的交流。全球華文寫作中心下星期要到韓國的首爾和釜山，跟幾個相關研究機構交流，我們希望未來可以更加擴大跟大陸乃至於其他地區、國家間的各種形式交流。

再來就是大家熟悉敬仰的陳義芝老師，我們請他代表與會的本地作家說幾句話。

陳義芝：

張校長，胡主任，阿來先生，還有中國作協的梁飛先生，首先要歡迎從中國大陸來的這麼多傑出作家，我今天是懷著喜悅的心情來歡迎各位。我看到冊子上面印著我是臺灣作家代表，其實作家都是獨立的個體，我不能代表，只不過因為我年紀比較大一點，我有兩個孫子，所以胡主任就認為，那你老一點，你來代表致辭好了。

關於兩岸的文學交流，一九八八年錢鍾書（著名的學者、作家）在臺灣出版作品集的時候，他很感慨地講到，原本是「君家門前水，我家門前流」，那時因為兩岸隔絕，所以變成「盈盈一水間，脈脈不得語」。他是有感慨的啊，因為政治可以有疆界，但是文學是沒有疆界的。華文是全球的華文，是要交流的，隔絕了四十年的文學交流在一九八〇年代末重新開始，也就是大概一九九〇年代展開，一九九〇年代的兩岸交流參訪，仍然有所謂放煙火，也就是比較節慶式的形式，不是那麼容易。到了今天，兩岸往來有了更密切的合作，雖然有時候政治晦暗不明，但是我想文學應該是更密切的交流。我們也很慶幸擁有了這樣的一個氛圍、環境，如果不是這樣的話，我們不可能透過出版，透過來往，讀到那麼多優秀的作品，比如說讀到阿來先生早年的成名代表作《塵埃落定》，多麼厲害的一部作品啊，那樣一個時代，那樣一個族群，那樣的風情，那樣普遍的人性。我也不可能很輕易的就讀到徐則臣先生的《耶路撒冷》，這是多麼迷人的一部小說。也因為兩岸的交流，所以中國大陸的朋友跟臺灣的詩人都推薦藍藍，他們說「你這次一定要去看看藍藍」，此外當然還有很多，我來不及認識的，恰好也是利用這次胡主任舉辦的「兩岸文學對話」，讓我有機會可以認識更多傑出的作家。

我剛剛已經看到大會手冊，感嘆不得了啊，都是一時的俊傑、非常傑出的創作者。日後我們有更多閱讀這些作家作品的功課了。全球華文寫作中心成立三年了，我在最初的時候，因為得到校長的鼓勵參與其事，但是沒有任何開展；一直到了胡主任接手，他的眼光、熱情與魄力，有相當豐碩的成果。就以今年來講，已經舉行過全球華文作家論壇，還舉行了華文朗讀節，兩岸四地，包括了香港和澳門，還有海外的交流，幾乎也就是全球了。然後在歲末進行「兩岸文學對話」，這些工作都相當不容易。我想還包括了中國作協的梁飛先生，都是幕後推動的工作者。我們接受這些交流的時候，特別要利用這個機會，向在幕後辛苦耕耘的人，表示

左起：胡衍南、張國恩、阿來、陳義芝。

最大的敬意。

因為我在媒體待過，臺灣師大全球華文寫作中心，就我所知幾乎是當今最重要的兩岸交流機構。我希望這樣的交流活動能夠持續熱烈，因為作為一個臺灣的讀者、文學愛好者，多麼希望讀到更多的中國大陸的作品，因為你們的作品是那樣精彩，值得我們閱讀，謝謝各位。

胡衍南：

就像剛剛義芝老師說的，全球華文寫作中心剛開始創立，校長是任命義芝老師擔任中心主任，所以我們等於是在義芝老師的規劃下，陸續有了這兩三年來的相關成果。

臺灣師大設有很多個中心，只有我們中心可以得到校長最大方的支持，我再次表示感謝。此外，也感謝中國現代文學館這次替我們邀集了很多大陸作家，所以這次的論壇，我們可以順利的召開，也希望這樣的活動可以一直辦下去。

最後，就在幾個月前，中國作家協會捐贈了一千五百多本作家出版社的出版品給臺灣師大圖書館。校長為了表示感謝，特別藉這個機會頒發感謝狀，請阿來主席代表中國作家協會接受臺灣師大的感謝。

第 *1* 場

網路社群時代的閱讀與寫作

時　間：2016年12月9日10:50-12:10

主持人：胡衍南

與談人：阿　來、陳義芝、徐則臣

祁立峰、王威廉、高翊峰

（依發言順序）

胡衍南：

各位作家、老師、同學，以及來自校外的朋友們，大家好。本次「兩岸文學對話」共有五個專場，每個專場各有一個主題。這五個主題，都是以第一個專場的主題為大前提，並以此延伸出相關的對話。第一個專場，主題是「網路社群時代的閱讀與寫作」，現代人們時常利用微博、臉書等網路社群平臺認識朋友，甚至用來進行寫作、閱讀。在這樣的情況下，閱讀的意義、方法，乃至於寫作的意義、方法，會不會因此有所轉變？如何轉變？這是本次為期一天半的「兩岸文學對話」的討論核心。本次對話，我們採取「大型沙龍」的活動形式，因此各位可以用一種比較輕鬆的心情、比較自在的方式共同參與。如果你想近距離聆聽本場專題作家的發言，可以直接留在A區參與；如果你希望能與其他專題場次的作家交流，可至隔壁的B區，B區同時也會進行A區場次的同步轉播，你可以在B區找作家進行簽書、合影等交流活動。總之，請大家自由選擇適合自己的參與方式。

各位手中都有一份大會手冊，是由我們採取彩色印刷、精心製作的成品，主要介紹與會作家在寫作與世俗方面的成就。不過今天在這裡不論輩分、年齡、成就的大小高低，每位與談人都是以一個共同身分——「作家」，成為我們的與會貴賓。因此在今天這個專場，我就不一一介紹六位與談作家的文學表現，特別是世俗方面的種種成就，請大家自行參閱大會手冊裡的說明，待會兒也一律以「作家」或「老師」相稱。現在，正式開始本活動的第一場專題對話。第一輪請與談作家每人發表八至十分鐘，可長可短，盡量不要超過十分鐘，因為我希望在第一輪發言後，能留下比較多的時間給在座朋友提問，最後才再邀請六位作家進行第二輪總結發言。

基於以客為尊的道理，我們會先請一位大陸作家發言，再邀請一位臺灣作家發言，如此交互穿插。首先，請方才以大陸作家團團長身分、代表中國現代文學館致辭的阿來，以作家身分針對本場專題向大家提出他的思考與觀察。歡迎作家阿來。

阿來：

其實每一次，我們參加各種各樣的文學討論，總是以這是什麼時代來命題。我覺得這種反應，似乎表現了我們從事文學寫作的，或者從事文學研究的，普遍有一種焦慮。這種焦慮就是，我們害怕新東西出現以後，自己沒有跟上。害怕自己不新，害怕自己變舊。我認為這是一種知識分子或者是作家，都有的習性，可能是從五四新文學運動以來就已經養成。一個新東西出現以後，我們要怎麼樣應用它，或者說，我們怎麼樣變化去適應這個新的東西。因為我們始終在文學上討論，不能反應過來。另一方面，我們在文學上有沒有一種恆久的東西，語言、形式與包含的情感價值、審美價值，相對穩定，所以如果我們不談這種穩定的東西，只談那些陰性變化的東西，我覺得很可能，在這種自我更新的過程當中，我們就迷失了。今天很多東西已經出現了這樣一種情況。這是我的一個看法。

很多時候，現在的人是如此容易被心智所迷惑，如此容易被媒體所蠱惑。而媒體背後呢？尤其從消費社會，到商業公司。我也做過出版商，做了十年。幾個人在飯桌、酒桌上，說我們要編一本新書。比如說幾個人到臺灣，買了一堆報紙，又跑到日本去，買了一堆卡通東西回來，大概兩百元臺幣。但是為了做宣傳，就說現在是快節奏時代了，生活很忙，大家不想看你的思考。其實就是幾個想賣卡通書的人，說現在是讀圖時代到來了。這個還不夠，那麼一些人挖到老唱片、老照片，想辦法印成書，然後又不想特別深究這些照片背後的社會內容和背景，也把老照片印成書。這第二種也是讀圖時代到來了。剛才聽胡主任一談，在互聯網時代，碎片化等等現象會出現。其實我自己倒是認為不必要這麼敏感，不必這麼驚慌。二十多年以前，我的一個朋友叫馬原，我們都說小說死啦，他也說小說死了，停筆二十年。後來發現小說沒死，馬原又回來了，繼續寫小說。所以其實我們不必對新的東西，那麼急於要跟上。我覺得文學有另外一個功用，就是當我們太快、太隨便的時候，我們反倒為社會提供了一些不穩定的東西。所以我是一個比較保守主義的觀點，但是我覺得有些時候參與這種過於求新的東西，也許是要有限度的。對於寫作的人來說，至少對我本人是非常重要的事情。

胡衍南：

謝謝阿來老師，其實老師只講了五分鐘，我們待會兒再請他做第二輪、甚至第三輪的發言。事實上，剛才阿來老師所說的，確實打中了我們在設計本活動題目時的一些想法。這個時代的文學寫作者、研究者、閱讀者，隱隱約約都遇到一種壓力，好像不斷有人說：「你們要跟著時代變化！現在文學都已經走到什麼地步了，文學寫作者和閱讀者也要跟著變！」我想在座所有作家或許都曾遇到這樣的「提醒」。但是在我心裡頭，確實和阿來老師一樣，總覺得有很多東西不會變。我們被要求應付這個變局的同時，是否想過有什麼東西可能是相對永恆的？這就是剛才阿來老師的觀察——在這股「應變」的風潮下，作家也許應該停下來反省，關於文學是不是有一些很本質的東西？如果少了這樣的反省，就這麼跟人家隨波逐流的話，會不會產生一些危機？關於這點，我們待會兒請後面幾位作家一起探討。接下來有請陳義芝老師。

陳義芝：

社群時代的閱讀與寫作，是一個很好的對話課題。我追隨阿來老師之後發言，很安心，因為阿來是一九五〇世代的作家，我也是一九五〇年代出生的人。相對於社群時代，我成長的那個時代是農業時代、手工藝時代。今天所謂的社群時代，就是網路時代。網路帶出來非常多新的交友工具，比如說LINE、WeChat，還有大家廣為運用的Facebook。人稱Facebook是臉書，不用臉書的人是沒有臉的人，隔絕了很多資訊，但以我的體驗，並不覺得有什麼欠缺啊。一如阿來先生剛剛講到的，閱讀有一些很根本的東西、永恆的東西，而我們的時間有限，我覺得沒必要流連在太多日常訊息裡。拒絕網路社群，當然可能失去一些東西，像祁立峰、高翊峰他們所領受到的，我一定也都隔絕了。我所理解的網路特性，大約就是虛擬，一個虛擬的世界，不像老時代那樣落實；另一個特質是互動，快速的互動；第三個特性是誇大，快速而造假的情況很多，一時不容易辨明真假，傳達的內容價值是輕還是重，不見得能把握。這些都是我這個落後於社群時代的人所懷疑的，也始終還在觀察的。

社群時代的閱讀，跟紙本閱讀，到底有什麼不一樣呢？我想是在閱讀的方法上，及閱讀的態度上。社群時代充斥太多資訊，這些資訊來自四面八方，使得人們的背景知識可以多很多，可以輕易就搜尋到。我讀書的那個年代，需要《十三經索引》、《淵鑑類函》那種工具書，而今我已經好多年沒翻過那種書了。所以背景知識取得容易，是這個時代閱讀最便利的地方。但是面對那麼多材料，有沒有核心閱讀的價值？這要思考！網路閱讀跟紙本閱讀，還有一點不一樣：以前我們手拿一小冊詩集會很快樂，坐在水邊，坐在樹下，坐在屋內任何地方，可以慢慢讀、反覆讀，書本握在手中，所謂的一卷在手，很閒適，現在呢？太多的資訊擺在眼前，透過電子媒體，造成眼睛疲勞，逼得你須加快閱讀速度。閱讀的心情不一樣了！雖然，腦神經專家說，人的閱讀習慣是可以改變的，但至少到目前我覺得在網路上沒辦法細讀、精讀，也沒有辦法朗讀，特別像詩這個文類，經由聲音朗讀出來，那感覺是有差別的。

所以，我想請教年輕的作家，未來主導這個世紀文學的人，寫作這一種技藝的專業要求，未來會不會不見了？以前文學傳播有守門人制度，以前寫作強調斟酌改定，從古到今都如此，可是今天網路發表何其輕易，專業技藝的要求難道不會受到衝擊嗎？獻身於精英小眾的專業忠誠，會不會也面臨考驗？尤其因為網路的隱匿身分，人與人間的關懷與言論責任感會不會變淡？每天收到太多活動的資訊，太多有趣或沒趣的問題，但你不知道它的源頭，可能都是轉貼的，因為是轉貼，有問題可以推給別人，需要負責的壓力就變小了。這樣的資訊傳播將帶給社會什麼影響？這也是目前我在觀察、我所存疑的。但儘管如此，我不敢輕易就隔絕了這樣一個社群時代的諸多可能性。

胡衍南：

義芝老師的發言，跟剛才阿來老師的發言一樣，都在我意料之中，我覺得這一場比較勁爆的觀點，應該會出現在後面四位相對年輕的作家。事實上，我們這個題目的前提是指在網路時代，很多人是透過微博、微信、臉書等等社群媒體去認識這個世界。舉個很簡單的例子，像這次與會的盧文麗，我一直以為她是個詩人，直到幾天前我才知道她也寫長篇小說。怎麼知道的？微信！遠在臺北的我，坐在自己家裡的沙發上，從手機「看見」不久前杭州組織了一個關於盧文麗小說的討論會。現在這個世界的情況是：我們透過微信、微博、臉書等社群媒體來認識這個世界，甚至感受這個世界，不管你喜歡或不喜歡，有時我們甚至透過它們來定位自己，理解自己。但問題是，我們的寫作、我們的閱讀，究竟需不需要因此做出調整？這就是我們設計這個主題的初衷。

這個專場，徐則臣一定要來談談，因為去年他來臺灣參加第二屆「全球華文作家論壇」的時候，在閉幕發言的演講上提醒過大家：當年莫言寫《紅高粱》的時候是一個沒有internet、沒有互聯網的時代，可今天的讀者已經能在網上關注世界上任何一個角落的新鮮事，那作家要怎麼吸引讀者來到他的小說世界？我記得徐則臣曾提出建言，覺得作家應該因應網路時代做出一些調整，因此這次交流的主題，實際上是受到徐則臣去年那次發言的影響。所以，我們趕快聽聽他的意見，歡迎徐則臣。

徐則臣：

社群時代是個比較新的詞，但作為一個事實，肯定不是今天才有的。微信、微博、臉書、推特、朋友圈，讓社群時代作為社會學、文化乃至經濟現象重新為我們所重視，這可能是網路時代才會有的一種招魂式的反思活動。社會成了一個越來越小的圈兒、單元、集團、社群。這是一個看上去支離破碎的時代，我中有你、但未必認識你的時代，也可能是我們素昧平生、但我們必須要捆在一塊的時代。因為依據網路時代的眾多指標的分類，我們成了陌路人或者同路人，讓我們成了一夥兒的或者老死不相往來、沒有任何交集的人。這個特徵在今天更為明顯，由此帶來的閱讀和寫作的問題也更為明顯。

其實，這種事在古代也出現過。當然，那會兒可能不叫社群時代，叫什麼我不知道。我們常說，唐詩、宋詞、元曲、明清小說，就舉元明清為例來說。為什麼在元朝突然以曲（散曲和小令）作為閱讀和寫作的主流文體樣式？為什麼在明清，小說成了主流文體樣式？肯定是因為社會發生變化了。相對成熟的市民社會出現了，勾欄瓦肆出現了，人們開始出入其中，形成一個個區別於寫詩寫詞、讀詩讀詞的社群。或者說，因為某些原因，一個個不同的社群出現了，要求與之匹配的一種新的文學樣式，元曲出現了。一堆人讀、看，一堆人寫。同樣道理，明清市民社會繼續發展，印刷術、造紙術進一步提高，說書人有了用武之地，驚堂木一拍，評書、話本也應運而生。一個喜歡長篇話本小說的、區別於喜歡元曲的新的社群出現了。他們有了新的趣味、新的審美，同時，也有了新的閱讀或欣賞與寫作的途徑、工具。

由此可見，社群時代的閱讀與寫作，與審美趣味、審美方式、表達工具和方式有很大關係。這些因素發生變化，不同的社群時代的閱讀與寫作就會發生變化。

在網路形成的社群時代，閱讀和寫作的碎片化、同質化就不難理解。與之相匹配的新的寫作方式，比如網路寫作、微信寫作、段子寫作、全民寫作，但又雞犬之聲相聞、老死不相往來的山頭式寫作的出現，也就在情理之中了。但問題是，文學的閱讀和寫作其實是大一統的，有其整體性和普世性，尤其純文學或者說嚴肅文學，它是關於全人類的最基本的經驗、情感和常識的發現與表達，不會因為社群時代的來臨而去因材施教，去細分讀者來寫作。它要保持文學的最基本的規範、標準和原則，它要處理最基本也是最重要的人類古往今來通約的問題。但這不是說它就是鐵板一塊。就像元朝時，一個詩人、詞人，在堅定他的基本文學精神時，也會因為現實、趣味、審美的方式，以及表達的工具和方式發生變化而作相應的調整。詩人、詞人要面對勾欄瓦肆，要走進去，於是逐漸變成了一個曲作者。到了明清，一個詩人、詞人、曲作者，面對火熱的繁華的市民社會，面對發達的造紙術和印刷術和越發快捷的傳播途徑，面對口若懸河的說書人，他也必將從詩人、詞人、曲作者的身體裡，最終生長出一個小說家來。但必須承認，他們蛻變成另一種寫作者的身分時，文人的身分、作家的身分、文學的基本精神沒有退場和缺席。變的永遠是枝節，而非根本。對作者如此，對讀者同樣如此。

所以，在這個意義上，社群時代的閱讀與寫作，與過去既同又不同，要正視，做出相對應的調整，又要堅守根本，以不變應萬變。繞了一圈又回到原地，我不知我說清楚了沒有，如果沒有位移，距離肯定是變化了。這是一個螺旋式前進、一直在「動」的「不動」。

胡衍南：

非常謝謝則臣的發言，其實你應該來當這場的主持人，這是一段成功的引導式發言。接下來我們請臺灣作家祁立峰發言，我想你是這一批作家當中非常時髦的一位。

祁立峰：

剛才聽了徐老師的發言，引發了我很多想法。我覺得這個問題應該是滿多層面可以談。我對中國大陸的微博不是很瞭解，但是在臺灣，我在學生時代開始接觸網絡是上BBS。特別是這幾年，PTT（又稱批踢踢）成為主流。我知道大陸的網友一般都稱「網軍」，PTT的網友叫「鄉民」。我其實沒有深入研究，但我一直覺得「鄉民」這個概念有點像魯迅講的那個「看客」。「鄉民」一開始的形象很像魯迅說的他留學日本時看日俄戰爭投影片，一群中國人圍觀間諜被槍斃的場景。「鄉民」本來的形象就是「萬人響應，一人到場」。以前大家都會在網上說「噢，這個好，我一定會到場聲援」，但是現場根本一個人也沒有。這幾年「鄉民」開始轉移到了臉書，臉書跟鄉民最大的差異就是，臉書是實名制的網路社群。實名制就引發出我們現在常講的「同溫層」效應。就是說大家一提到某一議題，我們集體去響應，就我觀察臺灣這幾年的社會運動，都和BBS的「鄉民」和臉書有一些關係。之前太陽花，現在婚姻平權，我覺得都跟網路世代有關。其實我自己也深陷其中。

當年馬庫塞提到大眾媒體興起，人們開始淪為「單向度的人」。我知道我們新世代來看，七〇後、八〇後，我們常常喜歡說這個時代資訊多元，所以不會淪為單向度。但是真的是這樣嗎？是不是可能還是有反身性存在？尤其是當「同溫層」出現，「網路紅人」的出現。「網路紅人」成為意見領袖，讓大家按讚。有的「網路紅人」發一篇文章，一萬多人按讚。可我覺得這都是亂講，那我能說什麼，我也只能按讚了，因為它就一直跳出來洗我的版面。這時候我是不是已經單向度了？好像我們走了很遠，已經離開單一資訊很遠的時候，我們又走回到單向度的一面。我覺得這跟徐則臣老師剛剛講的微博的一百四十字，邏輯不太一樣，但是概念有點像，也回到陳義芝老師一開始講的，在沒有那種守門員的狀況，寫作的技藝會變成什麼？我覺

左起：高翊峰、祁立峰、陳義芝、胡衍南、阿來、徐則臣、王威廉。

得會變成：我是「網紅」，然後我就只能寫我的粉絲要讀的東西，讓他們好讀的東西。

相對「網紅」，我們還有另一個詞叫做「腦粉」。「腦粉」這個詞其實應該是負面的，本意可能是「腦殘的粉絲」，就是說他們不會去想「網紅」寫什麼文，他們只負責按讚。「網紅」多了，網路論戰也非常多。我覺得現在論戰都偏向霸凌。因為我是「網紅」，現在這個議題我不贊成，然後我就糾集大部分的「腦粉」去引戰。那「腦粉」呢？他之所以叫做「腦粉」，其實沒有什麼反思力。「網紅」叫我戰就戰，不用去思考，其實不用思考很方便。就我看到的「網紅」作家一般都發很長的文章，但長文和一百四十字對「腦粉」來說沒有差別，反正我一秒看完就按讚。

我覺得直接影響到的是文學的質量。但這未必是一個不好的轉變，我覺得這是網路社群時代的新轉變。像臺灣六、七十年代的現代詩，其實相對比較晦澀，那我看一些論文一般認為，這和白色恐怖時代的政治有些關係。現在的新作家，網路的當紅詩人，我覺得他們的詩相對白話，更好讀之外，他們同時也有積極地參與社會和政治。當年宋尚緯被瘋轉的那首詩，詩名叫〈馬英九〉，但他詩裡用的其實是馬英九說過的話。如果各位有興趣，可以上網搜搜看。另外像沈嘉悅有一首詩叫做〈我不喜歡楊牧〉。之前有一個大陸的雜誌跟我邀稿，要我談談臺灣的現代文學。我就說我可以談這兩年，新的網路詩人的變化。他們寫的這種詩，過去我們不會覺得那是詩，那為什麼我們過去不覺得這是現代詩？我覺得是因為我們接受了六、七十年代那種晦澀詩學的洗禮，詩的轉變是這樣。其他文學我覺得也受到影響。現在出版社可能比較希望，讓作家去營造粉絲效應，而且這種粉絲效應是非常細膩的。因為我明年即將出版一本專欄集結的新書，我最近在研究臉書的「贊助功能」，只要有人花錢贊助，它就會選擇特定族群出現在他們的動態之中。臉書分眾非常細膩，比方說我現在花了五百元，我可能選定讓二十至三十歲、喜歡旅行或者是飲食的女性看到這個廣告。那我花五千元，可以把廣告範圍擴大。這個大數據把每一個人的興趣，每個人的嗜好都抓進去。我的臉書上根本沒有我的出生年，但它也抓得到。只要點過什麼網站或旅遊興趣，這些全都在大數據裡面。

我覺得整個創作跟「網紅」、跟「腦粉」息息相關，而且我也不是要批判他們，其實網路時代就是這樣。人們說這是一個「眼球戰爭」的時代，我們以前可以花幾個小時看阿來老師的《塵埃落定》，看徐則臣老師的《耶路撒冷》。可是現在我們只有三十秒，就看從什麼新聞或搞笑視頻裡面，哪一個可以搶到我的眼球。我看視頻，每個可能只看十秒鐘，那我要馬上把受眾抓出來。我覺得我們這個世代真的是改變很大。簡單講，我不覺得作家應該要在「同溫層」裡面，他應該要關懷的是整個時代。

我自己研究古典文學，其實古典文學大部分的作家好像都有一種孤絕感，就是我被整個時代不理解，例如陶淵明啊，謝靈運啊。可是如果說真正的文學集團領袖，像沈約這樣的人，後來大家對他的評價也不是太高。像唐朝詩人孟浩然，李白、杜甫都很推崇他，看起來好像是當時的文壇領袖了，但他一直很抑鬱，他還是覺得自己的仕途不順、與時代格格不入。作者不一定要被整個時代接受。當然，你說作家想當個「網紅」，想要被自己的粉絲崇拜，這也沒有什麼不可以，這就是一個新興的社群。

胡衍南：

感謝祁立峰。你談了很多東西，我要特別整理一下。我們看起來活在一個資訊非常豐富、非常多元、快速變動的時代，理論上講，我們好像因此活在一個更豐富、更多元、更精彩的世界。但事實上不見得如此，在徐則臣所說的「朋友圈」概念底下，或者在祁立峰所說的「同溫層」概念底下，我們往往物以類聚，變成喜歡在一起互相取暖，習慣在一起討伐異己。這種情況下，我們非但不是變得多元豐富，反而可能變成一個「單向度」的人，這大概就是剛剛祁立峰提供的高見。這馬上讓我想到馬克斯·韋伯給過的一個啟發：如果我們刻意討好、服膺於某個主流現象，就會變成一個可怕的媚俗者。朋友圈、同溫層的概念對一個知識分子、一個作家來說是非常危險的趨向，很容易讓我們不知不覺成為去討好別人、討好主流的媚俗者。作家保持孤絕感，有利於維持創作的主體性；作家渴望相濡以沫，創作的主體性很可能會受到侵蝕。我不知道以上註解做得好不好，也不知道是否掌握了祁立峰的問題核心，但這是我剛剛聽他發言之後非常有感觸的地方。接下來，我們請另外一位年輕的大陸作家王威廉。

王威廉：

話題進行到這個階段，已經非常深入了。從文學的不變到變以及其中的辯證，再到祁立峰老師夫子自道的網上衝浪體驗，讓我們大致看到了社群時代的文學的輪廓。那我也從自己的體驗細節來談一談。

其實剛知道這個話題的時候，我有點吃驚，因為我大學讀的是人類學專業，所以一說社群時代，我立馬想到的是對於「社群」的傳統定義：那是一個地理邊界範圍之內，根據相應的文化形式把人們關聯在一起的社會關係。但轉念一想，肯定不是這樣的，今天人與人的關係早已經超越了地理的邊界。那麼我們該怎麼樣去定義社群時代呢？人們是靠著更為本質的事物被關聯在一起，比如利益、欲望與興趣等等。這也屬於文化的範疇，但地方性的色彩減弱了。一種更加符合人性、更加普遍性的文化，是今天社群形成的依據，同時，今天的社群也在創造著這樣更加具備普遍性的文化。

我發現，這個概念的首次提出有著強烈的商業目的，是企業最早使用這個概念，用來推銷自己的產品。企業利用網上的各種平臺建立消費群，從而拓寬了互聯網時代的銷售管道，可以更有針對性的把產品送到受眾面前。因此，我也不免想到，社群時代的形成多多少少也會受制於這種潛在的商業邏輯。這種潛在的邏輯對文學寫作肯定有影響，文學變得愈加像是一種商品，一種需要向相關人群去推廣和銷售的商品。但是，文學藝術，總有一部分是不能成為商品的。

當然，它對文學也有益處。我覺得這種以網路為基礎的社群形式，對一個文學新人來說還是比較有利的。在今天，只要一個人有與眾不同的聲音、有與眾不同的文字，這個人只要進入一個文學的核心圈子裡，把他的作品發表出來，那麼他會很快獲得認同。想想以前的傳統時代，比如紙媒期刊時代，像我這樣的作家，要寫好多好多年的中短篇小說，才能逐漸疊加積累起自己的聲譽，獲得評論家的關注。這種艱難的狀況今天改變了，只要一個聲音是新鮮的和有力的，它便可以借助網路社群得到有效的傳播。這是它的優勢所在，但是它的劣勢也相當明顯。像剛才幾位老師說的，就是它會讓文學變得比較膚淺，很難深入下去。許多人都不願意在網上讀深刻的文字，喜歡隨便翻翻，這對那種經典化的寫作是很不利的。

還有一個困擾我的地方，剛才幾位老師說到微博有一百四十字的限制，這種「短」好理解，但同時，網路的文學世界更流行鴻篇巨製，幾百萬字的小說很常見。這種「長」是怎麼回事？極短和極長，反而獲得了青睞。

這讓我想到的是網路世界的即時性。我們彷彿只活在此時此刻似的，比方說微信朋友圈：我們發朋友圈的時候，會互相點讚，一般來說只有當天有效，二十四小時有效，如果你翻別人的朋友圈，翻到上個月的、乃至去年的臉書或者微信去點讚，對方會覺得你很詭異，覺得你是不是別有所圖？去翻閱別人朋友圈的歷史，成了一個很詭異的事情。有很多網路作家，每天要寫一萬字，隨時更新，不然就會被粉絲和讀者罵為「太監」。吊詭的是，作為讀者，每天追著讀一萬字，量也是很大的，但為什麼還緊追不捨呢？我的結論是，這不是傳統評書的那種敘述圈套，讓讀者總惦記著，而是與這種即時性有關。讀者覺得此時此刻我讀到的，就是作者剛剛寫完的，我看到的是一個新鮮的、剛剛出爐的東西。這種情感迷思影響著我們的思維方式，我們對經典、對歷史，覺得它們是固態的，永遠處在一個跟我們與眾不同的空間裡面，而二十四小時之內生產出來的文本，讓我們意識到我們是活著的，這種即時性跟我們的存在感就這樣相關聯在一起。我們其實是在切斷歷史與當下的關聯，這是寫作應該去恢復的。

還有一種迷障特別值得我們去反思，就是所謂的「虛擬現實」。這個詞可能很奇怪，既然是虛擬的，為什麼又現實呢？那到底它是虛擬的還是現實的？我想，虛擬現實就是具有這樣的二元性，既是虛擬的又是現實的。其實，文化都具有這種物質精神二元為一的特質。比如說圖書，我們知道其實它的物質屬性是紙和墨跡，它的意義是通過我們閱讀才產生的。曾經有一個行為藝術，把一堆書放到洗衣機裡面去洗，洗成紙漿之後再晾乾，它要告訴你，這就是書的物質形態，不過是一堆紙嘛。所以，虛擬現實就是虛擬和現實重疊在一起，不能分開。寫作要與現實發生深刻的關聯，那麼小說這種虛構，Fiction，如何與我們置身其中的虛擬現實發生聯繫、進而深刻表述？這是我們寫作時需要思考的。

我覺得在今天這個時代，尤其是作為一個作家，一定要避免成為一個單向度的人，那麼，他的寫作資源一定要是開放的。因為我們知道，今天網路是非常發達的，它會根據你的搜索習慣、使用習慣，把相關資訊及時提供給你。比如說我經常看文學、文化方面的新聞，我發現網頁推薦給我的新聞，都是這方面的。這就很糟糕，會讓我們的關注範圍變得固化和窄化。我覺得一個對自己生命負責任的人，一定要超越這一點，需要一種更加叛逆的精神去跨界，去瞭解自己相對陌生的知識領域，而借助網路，學習新知識其實是更加便捷的。那麼，我想說的就是，讓我們既享受這種社群時代傳播的便利性，同時又打破社群時代所產生的壁壘、僵化與商業邏輯，讓我們把人文的精神和精妙的寫作，努力抵達一處更加開闊的地方。

胡衍南：

王威廉已經針對前面幾位的發言開始反省。剛才他說社群時代可能對某些新進的作家有點幫助，我在這裡說一個真實的故事。幾個月前，我到深圳擔任「兩岸三地短小說大賽」的終評委員。選出大獎得主和優秀獎得主之後的隔天，就是頒獎典禮及記者會，有不少深圳及香港的得獎者都到了現場。這時我們發現，其中一位優秀獎的得主是快六十歲的老先生，大家都很好奇，問他這是不是第一部作品？他說他已經寫了三十年，一直找不到地方發表，投過幾個刊物都有去無回，沒有一篇作品被人看過。這一次本也是抱著姑且一試的心理，投個文學獎看看，沒想到真的得獎了，今天看到這麼多作家、評委在這裡，讓他心裡非常激動。聽他講完之後，我也不知道該怎麼安慰他，可這時候有些作協的人、還有一些媒體朋友紛紛過來跟他說：「來，咱們加一下微信，以後多多聯繫。」他當場就加了好幾個人的微信。這時候，旁邊有個作家幽幽地說：「找到組織嘍。找到組織以後，就容易被注意到了。」我聽了十分感慨，這個人一直在摸索，找不到地方投稿，因此遇不到讀者，結果他一旦加入了作協、藝文媒體的微信群，馬上就有人看他的文章。說得誇大點，那時他幾乎是老淚縱橫了。

閒話不多說，接下來我們請臺灣作家高翊峰。高翊峰長期在流行媒體工作，我特別希望他來談這個題目，也相信他和祁立峰會有不一樣的觀察。

高翊峰：

感謝論壇的邀請，很高興在這裡看見阿來老師、義芝老師和其他幾位作家朋友。以前擔任評審的時候，都覺得最後一個發言很好，就是以上各位老師的發言，我都覺得很好，我就可以減少發言。但今天作為最後一個發言的人，我反倒十分有壓力，因為之前的幾位老師都非常精準地切割開這個議題，避開上一位發言者的中心。我今天所談論的重點是，我們的社群已經產生了非常重大的變化。這是鑒於過去在雜誌和媒體的工作經驗，我所意識到的。

我記得我在北京住的那段時間，經常在說的一件事：混圈子。你混不了圈子，就沒辦法在北京打拼。因為住了三年，很努力地在混圈子。今天聽則臣談到各時期的文學樣式，感觸很深的是，我們確實在混圈子。社群其實還是在混圈子，只是以前是用威廉提到的地域性概念混圈子，現在的圈子沒有地理上的地域性了。但真的沒有地域性嗎？我個人覺得並不是沒有地域性。就我的觀察，網路上的圈子，可能比實際生活還要窄小。這個「窄小」，是現實可感可觸上的相對窄小。其實就是呼應立峰提到的同溫層。同溫層的世界是一個「意識上」可能非常矮化和窄化的概念。這就像是，你有數千個粉絲，有數千個同溫層的人跟你在同一個圈子，但是這個圈子是非常窄小的。也因為網路行為慣性的關聯。網路社群可能只有三、五十個人，是常態的慣性聯繫者。可是就這三、五十個人，影響你在微信或者Facebook上，訊息傳遞與交流的經驗值。當你花一整天都在微信或者Facebook上待著，你也不會從三、五十個同溫層的人變成三、五千個同溫層的人，頂多就是變成三、五百人。但是這三、五百人有一個很微妙和恐怖的狀況。這其實是集體性的問題，集體性的認同、觀念、思考方式和邏輯。與這種集體性直接發生關聯的就是單向度。單向度最恐怖的就是：對所有事情的判斷都有一種類似的一致性。這是網路社群時代帶給我最大的衝擊和思考。

這不只是一個文學上的問題，更是整個同溫層世代的思考邏輯和價值觀的問題。當這個同溫層有三百個人都往一個方向去的時候，你不會有另外的想法，你只會有一種想法，就是服膺這個同溫層的想法。回到寫作這個話題上，如果你的同溫層裡面有三百個人用這種方法在思考閱讀和寫作，那麼你寫作出來的東西就可能有三百個同質性的複製品。那麼寫作異質性到底有什麼價值存在？文學本身可能有一個非常重要的核心價值：就在於為整個新的價值，包括還沒有創造出來的價值，尋找一個新的座標。這就意味著你必須試著突破這個同溫層，意味著你必須解構或者置換你習慣的價值觀。但是網路社群時代很容易就產生出單一同溫層的問題。

再回到我們之前提到的混圈子，混圈子會不會有同溫層效應？我舉個例子，上個月，我和臺灣的幾位作家，王聰威、童偉格、伊格言、黃麗群、劉梓潔、李維菁，應上海作家協會的邀請，去上海開會。另外六位上海作家，像路內、小白、走走等小說家，以及上海的六位評論家，一起針對彼此的小說進行深度座談。那時候，我覺得這四、五天的座談，就是一種社群。這是一個非常寫實和真實的意見接觸。在談論時我發現，大家努力進行的，就是異質性的溝通。這是在社群時代同溫層裡面，比較不容易看到的東西。我認為這個就是非常重要的價值所在。

人混圈子，在網路上也是混圈子，在古代也是混圈子，在兩岸也是混圈子，但如果脫離開虛擬的環境，真實的面對面的時候，我認為會推動人思考與呈現個人式的異質性。這樣就比較不會出現一些人看到標題後覺得喜歡就按讚，下面三、五百字稍微細節化的正文和他沒有關係。我想這就是我在第一環節所要談的。

很多問題其實前面幾位老師已經講到了，談到一百四十字和十四行，我想說說我的看法。我之前曾經看到一個數據研究：對於Kindle這類數位閱讀載體，未來新時代的讀者，最能接受的長篇小說的長度，約莫是六到八萬字。如果這個標準被大部分的出版社定標之後，是否會改變我們對長篇小說的創作思考？義芝老師知道，報紙副刊發生過，文學獎的字數長度與刊登篇幅考量，改變了臺灣短篇小說的長度。從一萬五千字的短篇小說，慢慢變成一萬字、六千字，後來甚至出現三千字的短篇。如果未來出版社要求所有的長篇小說就是八萬字，那麼我們就需要回到則臣老師剛才說的關於推特的字數長度去思考。八萬字的長篇小說怎麼寫？又要如何在數位閱讀平臺上，寫出一百萬字的長篇小說？這樣的小說是不是八萬字的長篇小說十部連載的概念？這樣的變化是有可能發生在我們這個社群時代的。我簡單說出了幾個可能，有些問題非常複雜，沒辦法一時找出答案。

胡衍南：

謝謝翊峰，為我們第一節的論壇做了一個總結，並提出一個新的可能。概括地說，第一位發言的阿來老師認為在文學中存在著一些永恆不變的東西，這是六位都同意的。後面幾位的發言也剖析了我們身處於巨變的大環境，雖然有好有不好，但是面對這樣的變，我們是不是應該對寫作和閱讀有一些策略性的調整？這一點還需要我們繼續討論。現在請現場觀眾提問。

觀眾一：

我一直對一個問題很感興趣，就是變和不變，虛擬和現實，異質性和單一性，這是一種二元區分。那麼這兩者之間，有沒有灰色地帶？在剛剛的論述裡面，這些複雜性的地方可以再做一些思考。在這樣一個快速變化的社群時代裡，文學會發生什麼樣的變化？

觀眾二：

我是一位陸生，喜歡阿來老師的作品。剛才老師們提到網路社群時代對文學與生活的一系列影響和問題，但是剛才提到的都集中在篇幅和體裁上的影響，究竟社群時代給各位的寫作內容上帶來什麼樣消極和積極的影響？還有一個問題，比如阿來老師，當一個作家有豐富的寫作經驗，讀者會在關注點上有什麼樣的變化？再一個就是，作為讀者，我認為無網絡的閱讀，可以讓我關注世界的全部，但是網路時代，我藉助網路來認識世界，文學不再塑造我的世界觀，那我應該如何面對文學？

胡衍南：

感謝觀眾的提問。目前為止大家丟出了很多問題，為了讓以下的討論更加聚焦，請幾位作家待會兒不討論大的議題，就請各位談談自己如何面對網路社群下的（可能）變局。容我再提醒一次：只具體地談自己，不評論對或錯，也盡量不做大範圍的介紹。先請阿來老師。

阿來：

我並不拒絕網路。我最初做出版商的時候，四川大學有一個教授聯繫我。當時還沒有互聯網這個詞，我們叫做資訊公路。剛剛有，很少。我被他邀請寫連載，叫做「我在美國的資訊公路上」。那時候技術還沒有成熟發達，九〇年代我們才剛剛開始。後來，我使用的社交工具，最早是QQ，公司內部管理是MSN，開過博客，也開過微博。我所有對於網路的感受都是從這裡來的，比如說公司內部無紙化，傳遞資訊更加快速等等。像是百度現在有個百科的功能，讓我覺得這是個移動的資料庫。但是在這樣的網絡化過程中，我剛才說過，中國人對新這個字有一種特別的迷戀，包括技術、資本，但是我們在經歷這個變化的時候，到底進步沒有？一種藝術史的進步，文學的進步，文體的變遷，確實都是有關係的。在網路上四十個小時，網路上發生了什麼？小的社群，到底寫短還是寫長？我們說到一百四十個字的限制，但也可以說網路文學大爆發，隨便什麼人一寫就是幾百萬字。那你說網路文學好不好？理論上沒什麼可以反對的，但其實就是幾個資本公司，背後通過資本運動在推動。

後來，我們說打開一個文學網站，我隨便念幾部作品的名字：〈娘王〉、〈嗜血狂屍〉、〈勇猛快遞〉……我都不想往下念，我覺得這種作品失去了討論的意義。我關掉微博的時候，關注度是六百萬人次。雖然這是很好的體驗，但是這種體驗很快過去。我們希望在微博、微信上交流是提升自己，但是有一個很奇怪的現象，就是這些交流是無關乎提升自己的，無關乎健康情緒的。我現在和幾個大陸作家是騰訊文學的顧問，但是他們推出微信的時候，我說我堅決不會再用。我不是拒絕網路，而是因為曾經的網路經歷，讓我覺得如果一味地服膺網路，文學就會喪失一種功能。要麼我們就是潛在性更強，就像赫胥黎的《美麗新世界》一樣，那是個高度資訊化、工業化的社會，資本和工業對於人來說過於強大。

我認為到了這樣的程度，我們就應該去思考馬克思所謂的「異化」。因為所有異化的現象，已經廣泛地出現了。我們因為這種異化是新的而接受它，如果它沒有重新塑造我們的情感，沒有提高我們的審美，那麼我覺得，網路時代就是個問題。人退化，資本得到好處，技術進步得到好處。這些勢必要帶來時代的變化。如果這樣，人在網路時代就會結合起來成為烏合之眾，然後娛樂至死。

陳義芝：

兩年前我編《二〇一四臺灣詩選》，選過幾首學運題材的詩，有網友質疑說當年網上點閱率很高的詩，你為何沒選？是不是憑詩人的知名度而挑選？其實並非如此，我既不考慮點閱率，也不考慮知名度，我考慮的是作品內涵與表現完整。

至於剛才提到的二元對立，我想當然有二元的狀態，但是這二元一直相互激蕩。在這個年代，我們還是要思考是不是要讓趣味優位於意義之上？我個人有時覺得文學創作搞一些技巧、玩一些遊戲，沒多大意思，如果大家都這麼做，可能會帶來不良的影響。剛剛立峰講到有一首詩，題作〈我不喜歡楊牧〉。楊牧是臺灣傑出的詩人，選擇「楊牧」這一個元素當題目，當然會引人注目。如果這首詩叫做〈我喜歡楊牧〉，我想不見得會有太多人注意，相反的，說不喜歡，好像就有挑戰性、顛覆性。這樣一首詩會廣為人知，未必是因美學表現，而是因為話題性。剛剛翊峰講到文學要混圈子，我們能混什麼圈子？可不可以是文學經典這樣的圈子——古典的，現代的，西方的，文學史上有無窮廣大的圈子，不在網路中混，也很快樂啊。

徐則臣：

基於這麼多年，我作為職業編輯、作者、讀者，我覺得對文學很多概念，我模模糊糊感到有些不滿足。我們總是說一個事物是不斷發展的，但是今天我們在談小說和故事的時候，小說和故事的概念，這麼多年是否發生了變化？發生變化肯定是正常的，但是否發生了變化，發生了哪些變化，我不知道。我只對目前的寫作，我看到文學進入世界，但是認識世界的方式從來就沒有發生過變化，而我們這個時代正發生著翻天覆地的變化。我不是說文學一定要追隨時代的變化，但是如果文學真的跟隨時代發生了變化，我們的審美方式各方面應當也產生了異變。如果我們還延續著過去的文學去理解的話，一閉眼我們就想到一個短篇小說的樣子，這個長相就是它的標準照，長篇小說和史詩的標準就是這樣，那我覺得這就會是個問題。

兩年前，英國某雜誌主編到北京，當時遲子建也在。遲子建對我說，你有沒有發現，我們小說的概念和過去不太一樣。我們的短篇小說裡面的故事和過去的不一樣。我們想故事應該是莫泊桑和契科夫意義上的故事，但是現在也出現了巴別爾意義上的故事，胡萬諾夫意義上的故事，可克萊爾吉根意義上的故事。為什麼發生了變化？為什麼現在發生了這樣的變化？因為隨著我們對文學的認識，看似不變的東西有了新的理解。比如說故事，我寫《耶路撒冷》的時候，想要呈現的故事是和其他故事不一樣的，但是我想的是這個故事在感覺上應該和其他不一樣。比如說，如果一個故事是線性的故事，但是現在發生的故事，是不是還是線性的故事？

舉我常說的一個例子，紐約發生了一樁命案，當這個故事從紐約傳到北京，這個故事一定是滯後的，可能滯後一個月或兩個月，甚至半年。到了臺北的時候，這個故事是線性的，歷史的，十分清楚。可是紐約發生了槍擊案，一秒鐘之內，所有的人都舉起了手，紛紛表態這個事情與自己的關係，是我幹的，或者不是我幹的。也就是說，如果在現場描述這個故事的時候，你會發現一個歷時性的故事變成了共時性的故事。就說在今天，講一個當下的故事，故事從一個歷時性的特點，變成了同時性的特點。那麼如何從共時性的角度去呈現這個故事？我一直在思考這一點，我認為這就是一個新的東西。對與不對，我不知道。但是，在資訊發達的網路時代，因為歷時性很短，短到具有了共時性的時候，那麼我們作為一個作家，應嘗試把自己的感受表達出來。對和錯其實不重要，重要的是你感受到了修辭立其誠。真誠的、忠實的表達出來。如果每一代作家都這麼做，就會發現文學是在發生變化的。

祁立峰：

我覺得我們這個世代還是很難置身事外於同溫層，所以我不可能去批判它。不知道大家有沒有聽過一個神話母題叫「國王瘋泉」，有一個國家都喝一口泉水，結果都發瘋了，只有國王一直沒有喝，那他的子民就覺得國王才是瘋子，逼他去喝。故事最後是說國王晚上偷偷跑去泉水邊，沒人知道他喝了沒，總之他看起來是瘋了。我覺得在這個故事裡，不去喝瘋泉不代表就是聰明的。這就像我們的同溫層時代。義芝老師剛才講的文學經驗，臺灣現在一年有四萬種書，可能每年只有一、兩百本會暢銷、會被看到，這些經典再過五百年，會不會像我剛剛講的沈約的例子，被質疑是「惡詩」？經典的生成有太多複雜的原因了。

王威廉：

我們往往以為，虛擬跟現實有一種對立性，但實際上，問題可能沒這麼簡單。我覺得「虛擬現實」這個片語是不可以割裂為虛擬加現實的，虛擬現實就是不可分割的，虛擬現實就是現實的一種。

實際上，我覺得對「虛擬現實」追根溯源的話，它也不是到了今天網路時代才出現的。像德國哲學家伽達默爾早就說過，我們每個人都有一個前理解，那麼其實就是說我們每個人都出生、成長和生活在一種相應的文化裡面，這構成了我們的精神特質，這就是一種虛擬性，一種與生俱來的文化虛擬性，我們所處的這種文化決定了我們對現實的理解，因而也決定了現實本身。所以說，網路的出現實際上是加劇了人的這種虛擬現實的屬性。網路的社群時代，對寫作的影響應該存在著兩個方面：一個是作為載體層面，就是我們在網路上發表小說，這種傳播途徑的巨大改變。另外一個層面，是我們文學的內容也要表現這樣的一種變化，這是不容回避的。這場變革跟歷史上好幾場書寫和傳播工具的變革都完全不一樣。比方說，竹簡時代、帛書時代、羊皮紙時代和紙張時代，這些事物的出現就是為了印刷書籍這個直接的目的，除此之外，用途並不是特別廣泛。

但是，今天的網路時代，我們難道僅僅用網路來閱讀嗎？這個網路世界已經變成了我們的生活方式本身。比如說我們這次從北京過來，用網路訂票和網路訂餐，我們還用網路不斷的隨時交流，以及還用網路導航引導我們找到酒店。我們基本上已經離不開網路這個東西了，它就是我們日常生活中的有機構成。文學，是一定要呈現日常生活的鮮活的，那麼我們怎麼能將這種虛擬現實排除在我們的書寫之外？我們已經不能一邊使用著網路的便利，一邊卻在寫作中彷彿根本不知道網路這回事的存在。我們必須正視這種技術帶來的對生活本身的巨大變化。最近英國有個系列劇叫《黑鏡》，我印象比較深。《黑鏡》這樣的片子，似乎是科幻電影，又不全是，總覺得與我們的生活是似曾相識的，和我們的現實有一種特別緊張的關聯，讓人去反思。我想，文學的變化應該就來自於這種地方：載體加內容的雙重變化。如剛才則臣兄說的，從歷時性到共時性的變化，肯定也是應有之義。

這種虛擬現實甚至會影響到我們的小說這種藝術邏輯的改變。比如說傳統的小說裡面，我們的藝術邏輯是遵循因果定律的，從起點到高潮再到結尾，是特別抗拒偶然性的，如果一部藝術作品有太多的偶然性，那麼肯定是大眾藝術，像是電視劇，其中充滿了車禍、失憶這種元素；但是嚴肅文學是要把人的命運做足夠多的鋪墊，就像托爾斯泰的《安娜卡列妮娜》，她的自殺才具備足夠的說服力。那麼今天，一個用各種交流平臺就可以結交陌生人的時代，一個用搜尋引擎就能掌握大量訊息的時代，人們之間的關係還能否那麼封閉在一個小時空裡？小說的藝術還會根據這樣的變化，有更加偉大的創造和呈現嗎？這就是我一直在思考著、沒有終點或許也無解的問題。

高翊峰：

在社群網路的時代，我個人認為無法標識「現在與之後的經典可能是什麼」這件事。究竟是一萬人讀的——一萬人都少了——十萬人讀的長篇小說是經典？還是像阿來老師有六十萬粉絲群的微博發文？這件事讓我們難以去界定經典，也讓我思考「定義經典」的問題。但我依舊相信，作為一個文學小說創作者，我們還是有很重要的時代意義：在如此劇烈變化的時代，尋找一個小說座標，或者開創出一種新的敘事可能。如果把這個忽略了，我就會質問，文學小說家存在的意義是什麼？回到今天的主題，社群時代的閱讀和寫作。我想閱讀是持續在發生，不斷在變化的。不管是願意讀二十萬字的小說，還是只願意讀兩百字的臉書貼文，閱讀本身依舊在進行。所以我只能談「寫」。寫作在這個時代，還有什麼樣的意義？這對我個人來說還是非常清楚，特別是小說。我想回到阿來老師所講的，有些東西是不變的。比如說，世界本身就是一個巨大的謎題，小說是解謎的工具。我想，世界還存在，那麼小說就有存在的價值。

胡衍南：

謝謝六位作家所做的第二輪發言。不管我們有沒有形成共識，有沒有形成結論，接下來還有四個場次的對談，都會在剛才作家們拋出的各種高見下繼續前進。

第 2 場

在吳爾芙的房間讀詩：我是女生

時　間：2016年12月9日13:30-15:10

主持人：劉滄龍

與談人：藍　藍、盧文麗、平　路

蔡珠兒、朱國珍

（依發言順序）

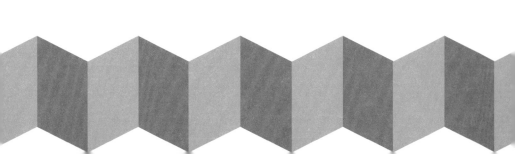

劉滄龍：

各位來賓，各位作家，今天有五位女性作家將藉著吳爾芙《自己的房間》這本書作為一個切入的角度，談論書寫與性別的關係，但不一定是限定女性這個議題。我感到好奇的是，在座幾位女作家當被稱呼為「女作家」的時候，和被稱為「作家」，會有什麼不同的感受？今天我在臺上是唯一一位不是身為女性，像被告一樣坐在這邊，扮演要接受吳爾芙所控訴的，那位禁止她跨越草坪，被攔阻在圖書館外面的男性。上午的對話我們談到了經典在社群時代的書寫，有某種的二元性，難道男女性別也是二元的嗎？或者說這個作為生理的區別性在書寫裡面，是不是早就試圖要跨越？例如在吳爾芙《自己的房間》書中所展示的。假設吳爾芙在書寫的時候，意識到性別的問題會是一個致命傷，那麼請教在座的幾位作家，是否會意識到性別的部分？首先歡迎藍藍。

藍藍：

我來之前，用了幾天的時間，重新讀完了荷馬的《伊利亞特》。我在梳理後半部分時，看到阿基里斯在打敗了特洛伊最大的英雄赫科托爾之後，舉行了一場駕車賽馬比賽，是獎金最多的一場比賽。他的獎品是這樣設置的：贏者獎給一個三腳大鍋，這個三腳大鍋值十二匹公牛。

輸的人獎給一個女人，這個女子也挺能幹，但她的價值只等於四頭牛。一場競賽把女人作為輸者的獎品，獎給那個被打敗的人。因為特洛伊戰爭發生在西元前一千一百多年，我們就知道那個時候女人的身分是這樣的。她的價值等於四頭公牛，沒有一個大鐵鍋的價值大。

中國第一位女詩人是出生在我們河南淇縣的許穆夫人，當時是衛國人，她比西方最早有記載的薩福，也是古希臘的女詩人，要早大概六十年到五十年左右。許穆夫人的詩在《詩經》裡只留下了三首，而很多研究者認為《詩經》裡面，以女性視角寫的詩，很多沒有名字。可是薩福的詩，在西方就留下了很多。當然，後來因為宗教的原因也被燒了好多。這是完全不同的，對女詩人，在西方和中國不同的待遇。我問過一個來自波斯島（就是希臘那個薩福的故鄉）的女性文化研究者，她告訴我，在薩福時代，波斯島的女性有很高的社會地位，受到社會的尊重和禮遇，她們可以開辦學校，可以自己讀書，可以教學生等等。在同一個時代的中國，對女性來說是不太可能的，除非是皇帝的女兒。但是皇帝的女兒也不能拋頭露面，因為許穆夫人要帶著陪嫁的人回去幫助哥哥報仇的時候，很多人就指責她不該拋頭露面，說她這是有失體統。那麼我們就知道，即便她貴為國王的王后，她依然要承受在男權社會裡女性的卑微和低下的地位。到了文學作品裡，對女性的看法也是同樣。我們中國第一部女性詩歌的選集是《玉臺新詠》，就是西元六世紀的時候，鎮江一個叫徐陵的人編的。這部中國最早的女性詩選，它比

《昭明文選》要晚幾年。《昭明文選》是南梁的太子蕭統編輯的中國第一部詩文選集，現在很多大學、中學，教材都從裡頭選名篇。這些詩選受到了重視，是因為他們記錄了中國社會大事件，還有為帝王歌功頌德的詩篇，以及一些詠史詩等等。但是《玉臺新詠》，評論家說它寫的都是一些男女的愛情，一些日常生活，就是不重要的事情。從這樣的說法可以看到，女性即便手裡有筆，在歷史中的地位依然低下。

我前兩天在讀《伊利亞特》的時候，同時也在關注網路上一件事。有一個女記者，她的男朋友向她提分手，等分手之後，她突然發現男朋友劈腿了，跟別人好了，於是她就留了一封遺書，自殺了。這在網路上形成了一個很大的事件，導致有兩百多個記者一起聯名，向這個男的所在單位的領導寫信，強烈要求把他和他劈腿的那個女子除名。我在網上很關注這個事，是因為我很想知道女性如何定義自己的價值。網上有個人寫了一篇文章，主要說的是「分手自由」應該成為一個常識。女性因為這個男人不愛你而自殺，是不是把自身的價值依託為一個男人對你的肯定呢？我就把這篇文章轉給女兒看，我覺得女兒應該知道，你作為一個女性，你怎麼樣確定自我價值。包括我們女性作家，有沒有一個自覺的想法和觀念在自己的創作中體現出來。接下來我很想聽聽其他幾位女性作家的高見。

劉滄龍：

好，謝謝藍藍，這個開場對我們很重要。剛開始我就先自首，我是一個被告。不管是在古代或者現代，女性被定義為次要，不管是四頭牛，或者是不能夠上檯面，女性被定義為一個他者，是誰來定義的呢？是男性，或者說男權社會。但是假設在當代，在社群時代，男女之間的界限，已經在某種程度上，好像不需要這個窠臼，但還是發生了一些事件，我們還是會問女性的價值所在，或者說，作為一個女性書寫者在書寫的時候，到底要不要意識到作為一個女性身分的特殊性和普遍性。假設女性作為一個主體，比如說到陰性和陽性這類特質，那麼所謂的女性的陰性特質究竟意謂著什麼？這個問題仍然是有待思考的。就在現在的處境下，當我們把幾位作家標誌在一起稱為「女作家」，關在這個房間裡面，我們想探討一下，這個安排到底是所為何來？是因為女性這個身分有一點特殊嗎？我想藍藍拋出了一個重要問題。接下來，我們有請盧文麗。

盧文麗：

在來臺灣參加研討會前，我把英國女性主義作家維吉尼亞．吳爾芙《自己的房間》找出來又讀了一遍，我覺得今天下午的話題其實跟上午那場社群時代的書寫，稱得上是二元對立，或是一個比照。這兩個話題，一個是向外的，一個是向內的；一個是動態的，一個是靜態的，而文學歸根到底是屬於靜態的、緩慢的。作為一個特定的空間，房間隱喻著私密和幽閉，女性也天生意味著私人領域，文雅、高貴、柔弱，對藝術有著與生俱來的理解力。如今讀吳爾芙，我覺得跟過去讀時的感受又不一樣，收穫也不同。吳爾芙關於女性意識的理論及作品，想傳達的是作為一個女性寫作者如何更好地發展自身，健全自己，跳脫出那種過於感性的、狹隘的思維，去欣賞不同的事物與觀點，來重新看待和認識這個世界，如何處理自己跟大自然，跟世界的關係。儘管無論是在二十世紀前，或是現在，女性寫作者擁有一間屬於自己的屋子，都是很不容易的。

一個女孩經歷孩童期、求學、結婚，從娘家嫁到夫家，名義上有了一個家，但這個房間其實也無形地被男性侵占，充斥了另一個人的氣息。對女人來說，生活的意義不外乎就是上班、做飯、刷碗、生養孩子，這似乎是千百年來流傳下來的傳統，而且還將傳承下去，女性寫作者比男性寫作者承受著更多的不易。然而，寫作這個東西，本身是沒有性別界定的，吳爾芙在她的書裡面也說到一個觀點，她說偉大的大腦、偉大的文字一定是「半雌半雄」的。我還是比較贊同這個觀點的，也從來沒有抱著一種性別的觀念去寫作。一個好的作家就應該是雌雄同體的。另外，一個寫作的女人不僅需要一間自己的屋子，更應該享受孤獨，一個寫作的女人若是從來不曾真正獨處過，不曾享受孤獨，內心就會充滿限制。當然，孤獨的、單獨的生活是需要勇氣和智慧的。我覺得「一間自己的屋子」不只是思想上的自由，更是要求寫作者「與現實活在一起」。「自己的房間」在某種意義上，指的也是作為女作者，要保持住內心的寧靜與平和。這個屋子可以是有形的，但更多意義上，它是無形的。

女性寫作者應該更好地發揮自己的特長，發現生活中新鮮的詩意，儘管寫作對我們的生活不能帶來什麼改變，但它至少可以教會我們一種看待世界的方式，或者說瞭解人類複雜情感的方式。寫作能夠提供給我們在這個世界上存在下去的一種強大的支援，一個寫作的女人，她和不寫作的女人，肯定是有本質區別的，這個道理對於男人也一樣。所以我們最好還是跳脫開女性寫作這個視角，我想這場的主題或許也並不是講女權主義吧。我只是泛泛地想到什麼，說什麼，更多的是想聽聽臺灣的女作家，對這方面的見解。

劉滄龍：

盧文麗特別提到在《自己的房間》裡面，有一個重要的觀點就是雌雄同體。從這個角度來說，我覺得我這個「被告」的身分也可以拿掉。我不認為我作為一個男性，若有女性的特質，就是必須要被壓抑的。雖然我是這麼長大的，我必須要是一個有男子氣概的男人。在我們那個時代還強調男女平等，主要就是當時不太平等。現在在臺灣呢，慢慢的不再讓你想談平等，可能談「性少數」、「跨性別」。現在臺灣最熱門的議題，就是同性婚姻這個議題。這表示有更多的人，即使生理上是女性，她也意識到自己不一定非要附著在某種二元性的性別角色上。對自己性別的認同，可以有更複雜、更多元的可能。但是不一定大家都能接受這種更多元的性別認同，這還是很有爭議的事情。

假設跳脫開僵化的男女分別性，剛剛盧文麗提到一個非常關鍵的，不管是男是女，在寫作上需要安靜下來，在一個相對來講孤獨的自己的房間。我們處於快速變動的社群時代，現在我們要安靜下來，慢下來，我想寫作是很孤獨的，面對自己，但是卻有可能關照世界的變動性，即使一無所是，也是藉由一支筆，相當豐富地去感受這個世界。會跳開了自己狹隘地界定自己的身分，或者說用一種書寫的方式去開闢一個遼闊的空間。接下來要請平路發言。她的創作題材非常多元，不止是小說，尤其在文化評論方面，她跟著時代脈動一直在前進。而她的小說，例如之前的《黑水》，就探測到了一些女性的掙扎，特別有一種理解女性處境的細膩。

平路：

今天這個題目當然是從吳爾芙開始。剛才盧文麗老師已經提到，吳爾芙的說法始終是我們大家，非常非常認可的。作品無分雌雄，作品只有一個標準，就是它是否是好作品，是否經過時間而流傳下去。性別對我來講，本來就不是雌雄兩分，應該是一個光譜，是一個連續光譜，我們每個人在其中會找到定位，就是有多少的陰性性別、有多少所謂的陽性性別。身上一分為二的只能夠說是生理性別，如果講到Gender的話，其實是一個連續光譜。甚至像做選擇，每個人都可以選擇要表現百分之多少的陰性特質，百分之多少的陽性特質，每個人都各自有所選擇。陰性特質的英文叫做Femininity，它跟寫作有極為密切的關係。我舉三點來講。

第一點，如果把Femininity賦予定義，什麼是人們的陰性特質？我喜歡想成那是一種敏感的形式，其實就是理解，試圖多理解人心的曲折，在我而言，這種同理心、這種敏感性，就是所謂的陰性特質。不言可喻，這份陰性特質和寫作的人太有關係了。有這種特質，對於透過文字所傳遞的細緻情感才有理解的可能。舉例來講，在古典文學裡面，像曹雪芹，他就是一個最有陰性特質的「男」作家，要不然怎麼能那麼理解大觀園的每一個姐姐妹妹，都理解她們的心，她們的個性，她們的苦楚，理解她們對於愛情的癡心妄想，他怎麼能理解那麼多呢？其實也因為作者的敏感，才可能跨出自己，理解看起來和你完全不同的人，所以與作者為什麼會寫作有直接的關係。如果提到日本作家，例如說谷崎潤一郎，是大家都很喜歡的作者，他寫的小說比如《春琴抄》，細緻去讀的話，那裡面其實是對於美的跪拜和臣服。為什麼感覺到美？首要條件是足夠敏感，那當然就是陰性特質的一部分。我想大家都有這類的認知，如果你不夠敏感，沒有辦法感覺到美，美感經驗沒有辦法讓你深深被觸動。又例如，我們熟悉的川端康成，生理性別是男性，可是他的眼睛裡面看到的細膩至極的美感，屬於陰性特質。

說到寫作與陰性特質的連結，第二點就是，如果說為什麼寫作，比如我喜歡寫小說，若是小說有小說的精神的話，對我來講，那就是問問題的精神。問這個世界為什麼是這樣，為什麼有這麼多刻板印象，為什麼有那麼多不合理的規範，對於每個寫作的人，我想，問問題的精神是非常重要的。目前社會上，當性別尚未被人認知為一個連續光譜，身為女性，總是被教導適合站在角落，而不是大剌剌地站在正中央。站在角落，眼睛裡就自然產生大大小小的問號。你站在角落，有時間默想，會覺得事情沒有那麼理所應當；你站在角落，比較看得到原來有這麼多可笑的、荒謬的、不合理的事情，另一方面，如果你總是站在舞臺中央，一切理所當然，其他人、其他景物只不過是哈哈鏡，讓你看起來比真正的你高大了很多倍，你當然沒什麼問題可問。站在角落的你，默默地問「為什麼會這樣」，是寫作很重要的動力。當你站在角落的時候，你比較容易感知到，原來我們都有同樣的一顆心，同樣的卑微，同樣的無奈，同樣的悲哀。女性與男性比較，她經常地處於角落的位置，這對寫作來講是非常重要的。

第三點，最後我想要說的一點，就是身為女性，在父權社會中，你的聲音很容易被忽略或被壓抑，正因為聲音不容易被人聽到，所以這種迫急感，反過來轉化為寫作的動力，比如大家都聽熟了的《一千零一夜》的故事，雪赫拉莎德是女主人翁。她要說故事，故事說得好聽，才能夠活下去。把「一千零一夜」當做隱喻來看，就很清楚，如果她不說，她就活不了，會被送去砍頭。故事要說得吸引人，君王才願意刀下留人，第二天晚上還有故事可聽。這是一個很好的隱喻，對女性來講，這個「一千零一夜」的隱喻，我們不只是不經意地聽到了，我們謹記在心，故事一定要說得好聽，要不然我們難以倖存下去。從另一個意義來講，如果女人不自己說，男人還會越俎代庖地替我們說。以中文的「香草美人」傳統來舉例，男性士大夫是男人，心裡想要得到君王的眷戀，這時候他就自比香草、自比美人，看起來很幽怨地傾訴依戀之情，其實是表達臣子對君王的忠忱。然而後代人在讀這類詩詞歌賦時，全數轉化為女性對男性的表白。幾乎沒有人會問，這真的是女性自己的聲音嗎？這在描述女性對男人的仰慕之情嗎？不，不是的。這是傳統裡男性的腹語術，當女性沒有自己說的時候，別人替你說了，可是所說的是非常不準確的，那不是女性切身感覺到的從心底出來的感情。反過來看，正因為傳統思維中對女性充滿變造與誤解，她必須要努力發出她真正的聲音。比如男性詩人會說「寂寞和等待對婦人是好的」，可是，這真的是好的嗎？真的是女性要的嗎？若由女性詩人來說，譬如夏宇，「把你的影子風乾來下酒」，女性詩人在詩中對負心男人非常剽悍與強勢；由此，可以看出由女性自己來說與男性替你說，之間的差異是很大的。當女性沒有聲音的時候，男人在腹語術中就會變造她的意思，把她變成符合男性需求的刻板印象。因此，女性必須試圖自己說、自己寫。不說，聲音就沒了，就被誤解、被誤讀、被誤認。像這類例子，每一位女性都逃不了，我們不知不覺接受了多少刻板印象？譬如，愛情對女性來說，有時是在尋找生命出口，但那個出口的意義可能不是、不是站著一個救援你的男性，那個出口可能是更大的自由，可能是更加寬廣的空間。因此，為了讓自己的聲音浮現出來，必須要寫，必須要說。女作家西克蘇（Helene Cixous）在一篇文章中寫到：「你為什麼不寫呢？你一定還是寫了一點點。」對每一個女性，用各種形式，不拘用各種表達的形式，多少還是「寫」了一點點，如果不寫的話，你會覺得鬱悶，你內心的聲音會死掉。必須寫出來，自己對自己，或者外界對你，才有機會認識真正的那個「你」。這個力量異常的強大，所以必須寫。

劉滄龍：

謝謝平路。討論還沒開始前，平路跟我說，不知道要講什麼，剛剛她發言以後，很多很關鍵的意思就一層一層地鋪開。尤其關於敏感性的部分，我想是有相當普遍性的。不分男女，不一定要把它和陰性特質關聯在一起，這種敏感性或理解性對作家來說是一個必要條件。但是第

左起：朱國珍、蔡珠兒、平路、劉滄龍、盧文麗、藍藍。

二點和第三點，就好像還是把女性放置在這種受壓抑、被壓迫，有一種社會性的結構因素造成了一種被迫發出的動力。沒有書寫，聲音沒有說出來，她的存活的狀態好像就是扭曲的。用這樣的方式來看待所謂陰性特質，可能還是有權力關係意義下的一種力量。但是這種力量是不是一定是必要的，或者是否時空狀態改變了就可能有另外的變形？

接下來我們要請這位常常被標籤為美食作家，實際上她自己可能不一定願意這樣被稱呼。她曾自稱是最專業的家庭婦女。廚藝、煮飯、吃食，還有她所寫的那些植物，難道都是只有纖細敏感的陰性特質的人所關注的嗎？難道在這書寫中，沒有大器開拓的剛強嗎？她對壯健的剛強的力量也很有感受力。有請蔡珠兒。

蔡珠兒：

原先我打算講的一些東西，前面三位講師已經談了，我就不狗尾續貂了。先講一個自己的經驗，來回應剛才藍藍說的，「女人是值四頭牛的獎品」這件事。大概二十多年前，有次我去北非，在沙漠騎駱駝的時候，導遊說，阿拉伯人的聘禮是以駱駝來計算的。他指著我說，像你這麼瘦，大概只值幾十頭駱駝。可見兩千多年來，從《伊利亞特》、《詩經》的那個時代，一直到現代，女人還是被當成物品，像資產和動物一樣。身為女性，如何去面對這樣的社會呢？

婦女和兩性這個問題，我想，就像平路說的，陰性氣質，並不是感性和理性二分的。套一句吳爾芙的話，最悲慘的事，莫過於完全男人和完全女人，我們應該做一個有男人味的女人，有女人味的男人。

很慚愧，跟各位比較起來，我的作品比較少，都是散文，而且只有很少的類型，都是關於食物跟植物。傳統上，這是比較陰柔的文類，從六朝，或者更早的時候，例如《楚辭》的時代，它就是屬於這個溫柔婉約風格，力求寫得精描細繪，清淺動人。特別是臺灣這幾十年來中文系的走向，多半就是這個樣子，強調文字唯美，浪漫詩意，強調古今的融合。我自己雖寫散文，但對這走向很不以為然，其實非常掙扎，只是我的掙扎還不夠多，寫出來仍被歸為陰柔抒情。但我也要問，難道和陰柔相對的，一定是雄渾嗎？而雄渾一定是男性的專長，陰柔一定是女性的宿命嗎？舉例來說，我最喜歡的吳爾芙的散文，但她的文筆一點都不陰柔，但那也不是雄渾，而是堅實（solid），雄渾這東西，其實有時候很空啊。吳爾芙的文字是堅定的，非常的一針見血，犀利又精準，我覺得這個才是氣魄。吳爾芙在《自己的房間》裡提到，女人寫作，除了要有一個自己的房間，還需要一年五百鎊的生活費。這個數目在現代臺灣，相當於拿了一個大文學獎，足夠一年的生活。當年吳爾芙問說，為什麼女性一直是貧窮的呢？雖然女權看起來已經進步了，可是這個問題到現在都還存在。例如男女同工不同酬，女人的薪資仍然比男性低很多，全世界都這樣，臺灣更加嚴重。

八、九〇年代解嚴後，臺灣社會的女權議題和性別意識，有些小小的成果，例如平路就有很多作品和評論，相當重要。問題是這些年來，我們進步了嗎？我也不覺得。表面上，我們有了自己的房間，還有更多的社會空間，可以走出來，不只待在廚房或睡房，可是外面的大空間，卻又有層層的無形設限。比如說大眾或者社交媒體，包括電子和文字媒體，網路和臉書中，經常像賣菜一樣，給女人貼上各種標籤，例如「敗家女」、「名媛」、「女主播」、「小三」、「董娘」、「櫃姐」、「女文青」、「正妹」、「辣媽」、「美魔女」等等。這些標籤看來逗趣，無傷大雅，但其實是無形的分類區隔，比起正式的有形設防，例如明說女性不能申請這個工作，影響可能更大。當然也有比較正面的，例如《天下雜誌》做過一個「姐的時代」，提出女性的管理風格，「姐」這個字在韓劇風行之後，有了新形象，引伸到職場後，又開始有新的身分意義。然而絕大多數的標籤，其實是非常可疑的「糖衣」，因為簡單又可口，很容易被吞食與吸收，可是這些標籤裡面夾帶的，是個人的性別、外貌和身體特徵，以及社會的階級高下，符合主流的審美觀、道德觀以及消費觀，強化既有的刻板印象，鞏固男性和商業的威權。這些層出不窮的標籤，成為社會的無形判準，對女性加以針砭限制。社交虛擬的時代，在我們看不見的雲端，卻充滿無形的分類限制，其實不只女性，男性也被簡化，失去個人價值，只剩下身體、年齡和財力。對這點，我們要共同警惕和思考。

劉滄龍：

謝謝蔡珠兒。從她剛才短短的談話裡面，讓我們想到寫「香草美人」的《楚辭》傳統裡，說不定也有一種犀利的批判。她精準堅實地指出當下日常生活中，我們都還在複製標籤裡面的一種傷害性。接下來的朱國珍，就可能會被貼上某些標籤，例如在書籍的行銷中。朱國珍是我在當兵的時候，《莒光園地》的女主播。她的作品也跟她的身分和職業有很大關係，這也是剛剛提到的，她最近剛獲得林榮三文學獎的散文首獎，相信她對這個話題也充滿了敏銳的感受。

朱國珍：

前面幾位老師都對女性意識和陰性特質，做了深入討論。主持人提到，身分有助書籍的販售，我是大大的say no，這兩者完全沒有任何關係，因為目前的閱讀品味呈現極端的兩極化，我想這和今天的主題沒有關係。當然，我過去從事的職業非常多。如果一定要設定一個女性框架，我從來不覺得我所從事的工作，會因為性別而占有優勢。今天一開始，我想要說的就是所謂女作家的「女」這個字，對我來說，我覺得它不存在任何意義。「女作家」在我的理解，在我比較偏執的認知，是社會學者、歷史學者、文化研究學者為了容易做學術研究所做的一個分類。事實上，當我們把眼光放大到古今中外的佳作，去鑑賞作品的時候，至少對我而言，跟作品是什麼性別的人所寫，不會有特別罣礙。歷史上，為什麼女性作家的作品比較少被看見？因為長久以來話語權都操縱在男性的手裡。就像現在的媒體，都是由一些我不太認同的人領導統御新聞部，所以我們接收到一些奇怪的資訊。對我而言，就我一個熱愛創作，處於寫作心理狀態的人而言，我從來不覺得我是一名女作家，我覺得我是中性的，除了我不能站著尿尿之外，在所有的鑑賞批評閱讀書寫的過程當中，我認為我是中性的。所謂「中性」，我認為它建立在一種普世價值，一種普世情懷。普世情懷還會分男女嗎？親情、友情、愛情會分男女嗎？你愛的職業，你愛你的父母親，有分男女嗎？

我再打個比方，我認為一個優秀的創作者，你會駕馭文字，當你擁有駕馭文字的能力，已經不分文類了，你肯定可以駕馭小說、詩、散文、評論各種文類。所以我覺得性別是一個非常微小的區分。對我來說，我在創作中所吸收的養分最早來自於中國古典文學。中國古典文學的濫觴，大家應該都知道，《詩經》占有很重要的地位，《詩經》裡面的作者都不可考了，完全不知道是誰，是男是女很重要嗎？接下來的漢樂府班婕妤，到了後來，當然女性作者是比較少，但是我們再看南唐李後主的詞，再看到後來的李清照，「只恐雙溪舴艋舟，載不動許多愁」。你去感受到那個作品裡面的詩意，那種傷感與惆悵，跟是男是女有關係嗎？柳永、周邦彥，在宋朝的時候流連酒家青樓，他們被譽為「閨秀文學派」的代表。柳永和周邦彥，當然符合平路老師所說的「陰性特質的書寫」，可是在這麼多年以後回頭看，我從來不會把柳永和周邦彥放在作品前面，除了考試的時候，必須知道作者是誰。實際上，在閱讀時，我們是直接被作品所感動。

不過今天我們的主題是「在吳爾芙的房間讀詩」，除了剛才蔡珠兒老師所提到五百鎊的重要性，其實吳爾芙確實是個很有主見的人。她在書裡面提到，她去假想莎士比亞如果有一個妹妹，和他的才華一樣高，這個女性，在十六世紀會有什麼樣的遭遇，這部分大家可以自己去看書。我要講的是吳爾芙出生於一八八三年，也就是十九世紀末，那個時候女性的地位，有太多社會學、歷史學、政治學、經濟學的論述，你們可以去看，我就不贅述了。從英國的吳爾芙，我會去聯想到比她早五十年出生的艾蜜莉．狄金生，美國女詩人，一八三〇年出生。這兩個人有一個共同性，她們都是書香世家，家世都還不錯，當然吳爾芙後來可能有點委屈，她結了婚，想要有一個自己的房間。就艾蜜莉．狄金生來說，她是在美國的麻薩諸塞州出生，家裡有點錢，所以她念完女子學校之後，沒有出去工作也活得很好。她的創作一新美國詩歌的格局，但在那個時候，是不被當代所見容的，因此她死後好多年才陸陸續續地發表大概一千七百多首詩。艾蜜莉．狄金生的詩當時要去投稿，是被編輯退稿的。我要講的就是這兩個人，我把她們放在一塊看，她們都是勇於選擇自己的生命軌跡，以及生命步調。她們執著自己想要寫，想要關愛的環境，不管那個格局有多高，有多開闊，她們非常認真，認真去面對自己所觀照的世界。

我要唸一首艾蜜莉．狄金生的詩，也是我剛開始接觸的她的詩。其實英美詩最早讓我感動的是德國的里爾克，里爾克是個男性。我要傳達的是，感人的作品永遠建立在普世情懷基礎上，超乎性別之外。艾蜜莉．狄金生的詩〈如果我可以阻止一顆心破碎〉：

If I can stop one heart from breaking,
I shall not live in vain;
If I can ease one life the aching,
Or cool one pain,
Or help one fainting robin
Unto his nest again,
I shall not live in vain.

如果我能夠阻止一顆心破碎

我便沒有白活
如果我能夠緩解一個人的痛苦
或是減輕他的疼痛
幫助一隻迷途的知更鳥回到它的老巢
我就沒有白活

這跟是男性或是女性寫的有什麼區別嗎？我不覺得。另外像泰戈爾寫過「一滴淚，落在時間的臉頰上」。艾蜜莉．狄金生這首詩，寫出的是憐憫，寬容，以及普世情懷。我常常認為一個好的作品不是看它在當代的影響力，有多少人討論，這個影響因素太多了，跟你的好人緣以及一些很奇怪的非客觀狀態有關。一個優秀的作品，要看的是千秋，一百年以後，我在這裡朗讀艾蜜莉．狄金生，一百年以後，我們在這邊談吳爾芙，這個就是我感動的事情。

劉滄龍：

謝謝朱國珍。剛剛的第一輪發言，每一位的時間或長或短，都以各自的角度來切入今天的主題。在第二輪發言以前，根據上一場，我們有一個短暫的徵求。在座的來賓，或者是共同參與的作家、老師、同學們，可以針對剛剛的第一輪發言，哪些讓你們有感觸或疑惑，或者就是想要表達的意見，我們也非常歡迎。

觀眾一：

藍藍老師，剛才您講到侯虹斌的那篇文章〈分手自由，把這句話帶給二〇〇個媒體人〉，作為其中一個簽名的媒體人，並且是丹峰的大學朋友，我想就這個問題，跟大家討論一下。當我們讀標題的時候，會直接望文生義。看到這個標題，一個女記者為情自殺，就認定她是因為未婚夫劈腿自殺，然後兩百個媒體人上書，就是因為她男朋友劈腿，所以是個渣男。其實這是我們在這個時代的一個弊端，沒有人去瞭解事情的來龍去脈，比如說兩百個媒體人為什麼會上書？我有寫了一篇文章，目前轉載也是滿多的，就是在講這件事情的來龍去脈。歸根結底一句話，那個男的是渣男，不是因為他劈腿，是因為他在整個救助過程中，延誤我們的時間，當大家發現遺書到人死亡這段時間，我們努力聯繫這個男的，但他拒絕透露家庭住址，所以導致了她的自殺，然後在整個後續過程中，他拒絕承認婚約，以及對丹峰父母的一些刺激，他撒謊、不誠信，對人性的一種冷漠，所以最終導致了媒體人上書。為什麼會選擇公開信的方式呢？因為不能使用媒體公開刊登的手段，如果直接在報紙上，比如說像《中國經濟報》這些報紙刊發的話，那屬於媒體暴力，所以作為一個普通人、一個行業內的人的身分自覺，我們需要的是誠信的、對人性本身有道德感的，而不是對人性冷漠，這樣的一個人來做我們心目中的記者。我們希望喚醒大眾，不管是男人還是女人，我們整體對於人性的溫暖，這是一個前提和基礎。

所以關於侯虹斌的那篇文章，我個人看法是覺得望文生義了，另外一點是我覺得這篇文章對於年輕的女性來講是一個很恐怖的事情，就是愛情是對的，分手是可以的，但是我們往往在討論女性的時候關注情感而忽略了責任。其實我個人認為，在所有文學創作中，我們都應該去關注情感和責任，這種二元的對立和統一。人不可能單純地活在感情中，也不可能只活在責任中，那麼如何在這兩者之間調和？我覺得這也是現代女性，在經過了這麼多年的女權運動，從一個絕對的要求解放自由，要求各種各樣權力的時代，來到現在，我們也應該開始反思，作為一個獨立的女性，我們想要的是什麼樣的生活？一定是傳統的生活，或者一定是所謂的女性解放的生活？還是一定是新人類的生活嗎？我們每個人應該都有一個價值判斷，去評判什麼樣的生活是適合自己的，這是我個人比較贊同的一種觀念。

觀眾二：

我想問一下朱國珍老師，你剛剛講到，寫作是要書寫人的普遍情感，因為普遍的情感，可以千秋萬世。可是我們也知道，有一種寫作策略是要呈現這個世界很多元。那我比較好奇，你的生活裡面不斷的被定義成是一個女人，相較於我們一般人受到了這麼多男性的凝視，可是為什麼對你而言，最重要的反而是要呈現一種普遍的感情？

觀眾三：

昨天剛好跟某個出版社總編輯聊到一本小說，被問說「你不會覺得太女性化了？」因為那本小說是以女性為主題和視角來敘述的。我在閱讀的過程中其實並沒有非常重視這一點，可是對於出版社的總編輯來說，他們會在意這個，我想可能是書市的問題。就是說當一本小說，如果是以女性為主題去敘述，或許有一些男性讀者會去排斥，我是這樣猜測，所以這位總編輯會在意這方面的問題。我身為一個男性不會在意這個，這位總編輯是一個女性，反而特別在意這個。想請教各位，會不會因為市場問題而改變自己的書寫策略？剛剛蔡珠兒老師也提到了，這個社會有一些有形和無形的設限，例如我們會說「女性書寫」，可是好像沒有「男性書寫」這個詞。因此想聽聽各位老師對這方面的想法。

藍藍：

我對這個問題的看法，所有一切歸結到底就是：女性自己應該強大起來，應該珍惜自己的生命。沒有什麼比生命重要，我覺得這就是我唯一想要說的一句話。我們始終圍繞著兩性的差別也好，社會給她的規定也好，來談女性的境遇。我記得前兩年參加過一場活動，臺上的嘉賓除了我一個寫詩，其他都是寫小說的。我發現有一些聽眾，他們對女作家的私生活非常感興趣，可能遠遠超過對作品的興趣。這是一種什麼樣的心態呢？我不清楚。當然我也同意剛才國珍說的，文學的標準就是純粹文學的標準，不會因為你是男人或者女人的寫作，而改變這個標準。但是還有其他的標準，就是人們會拿性別來衡量你。有些女作家，如果她寫得很好，或者說她很有勇氣，就會有人說「她就是個女人嘛」，好像女人可以利用性別之便去獲得什麼好處，這顯然是對女性有失公允的一種評價。

朱國珍：

多元書寫肯定是必要的，我也非常肯定包括邪惡的、黑暗的、猥瑣的、卑鄙的、下賤的、怨恨的，各種書寫嘗試，內心深處的心靈挖掘都是一種寫作的可能性。其實在書寫的過程當中，無論是作者心靈的洗滌或者救贖，或是閱讀者心靈的洗滌和救贖，這些都是一種過程。結果怎麼樣，我也不知道，但是我肯定任何想像力的可能性。至於剛才提到的男性凝視這個部分，我覺得很有趣，因為我從來不會特別感覺到男性的凝視。我在華視新聞部做記者時，電視新聞的採訪工作通常是一位男性攝影記者與一位女性文字記者搭檔，那時在新聞界有句笑話：「女記者當男記者用，男記者當狗用。」不管是男是女，工作的時候都是動物，任勞任怨，這裡面沒有凝視的空間。我自己作為一個很認真完成工作的人，一直是保有著自我的，包括到現在都還可以去我家附近一座大公園快走。我很喜歡曬太陽，但是我又害怕曬黑，怎麼辦？於是在中午穿著雨衣、戴著口罩，和麥可傑克森一樣的打扮去公園。我覺得我很自在，也不怕人家笑話，我又不是當搶匪，沒做傷天害理的事情。

至於說到打破社會結構，這個肯定要的，但是它需要很多很多的時間。舉個例子，我是一九九五年考進華視新聞部，當時只錄取七個人，其中有一個女生非常積極，在我們約定的報到時間，她竟然比我們提前兩個禮拜去辦公室，她說因為她沒有媒體經驗，所以先去學習，果然她很快就被重用了。她是我們新人中第一個被派出去做SNG連線，你要知道在無線電視臺，能夠在晚間新聞裡曝光三秒，那是天大的光榮。她也是第一個播報晨間新聞的新人，但是半年之後，她突然間消失了。這個故事我在師大上課的時候，向同學們講過，她先是不播新聞，再過五個月就辭職了，那時大家就很好奇，她進來時是最被看好的明日之星，為什麼那麼快就不見了？後來輾轉知道原來她在求學的過程，曾經到酒店當過一陣子的公關經理，怎麼被發現的呢？因為曾經去那間酒店買過她單的某位長官打了電話給電視臺高層說：「唉，你們現在怎麼用酒店小姐當新聞記者呢？」記者掌握第四權，傳遞公正公平的資訊，這個工作是無法容許行為偏差的，這就是社會結構的一部分。我講這個故事時，有一個女同學站起來反駁，她說酒店小姐又沒有怎麼樣，她有什麼錯？為什麼社會框架要這樣子制約她？我們沒有任何人制約她，最後是她自己選擇離開。

另外還有個例子，去年有一個考上華航的空姐，非常漂亮，讓所有組員驚為天人，但是還在受訓的時候，也被發現她是酒店的公關小姐，問她為什麼要來考空姐？因為她有了空姐的身分，在酒店工作可以加碼。類似這樣的問題，在社會上還是存在，我們要怎麼打破？這個問題，真的不是我能夠回答你，也不是我能解決。我只能就我過去的經驗，我累積過的創傷也好，學習也好，成長也好，我只能說，如果你覺得自己的內心夠強大，可以去應付所有的社會架構，或許是百分之七十的人會認同的社會架構，或許是百分之三十的人才認同的社會架構，不管你選擇的是哪一個群眾，也不管這群眾的大或小，只要你的內心夠強大，可以去捍衛你所信仰的，你所堅持的真理，絕對不會後悔，那麼你就去做。總之你的內心一定要夠強大。就像我講的女記者，她後來還是嫁得很好。人的命運很奇妙，變化非常多，此一時也彼一時也，這是我所看到的。

劉滄龍：

感謝朱國珍，她渾然不覺自己是被凝視的人，可能這也是她能夠在鏡頭前，那麼自在的原因。她的內心世界夠強大，知道自己要什麼，專注在自己所追求的價值上。盧文麗的詩集《我對美看得太久》，她凝視的是西湖。到底文學中的凝視和被凝視是什麼？說不定盧文麗有一些想法。

盧文麗：

剛才我們說到一個非常社會性的話題，昨天藍藍也和我聊過，我在杭州的媒體工作了二十五年，作為一個有文學夢想的人，長期在媒體工作，可以說也看到非常多的故事，每天接觸到類似這樣的社會新聞。剛才提到的女孩子其實是缺乏心理疏導，情感把控出了問題，這種事在成人世界也經常發生，這是一個社會話題，不是一個下午的座談可以解決。歸根結底就是一點，女生必須注重自身建設，應該做自己，在這個世界上只有自己才能救自己。不要向外求，一旦向外求，你就會失去自己，各種寄託就會失控，就沒法找到在這個世界的立足點。日常生活中，女性寫作者比不寫作的女性承擔更多的責任和義務。比如我和藍藍都是一對雙胞胎的母親，她是一對女兒，我是一對兒子，她的女兒今年讀大學，我兒子們正在讀高中。可以說我在這麼一個又要做母親把孩子們拉扯大，又是職業婦女，並且還要做一個作家的多重生活中，需要付出更多的精力和辛勞，生活的、寫作的壓力都不輕，我的寫作都在業餘或是孩子們入睡後的夜深人靜。就是在這麼一種狀態下，我們也並沒有倒下，沒有放棄寫作，反而覺得堅持的東西越來越明晰，我覺得這也是值得欣慰的。

這些年我寫了很多詩和散文集，最近完成了一部長篇小說，叫《外婆史詩》，這是獻給我外婆的，我從小是外婆帶大的，外婆是我生命中一個巨大的存在，我寫的就是我外婆坎坷的一生，這麼一個中國普通勞動婦女的一生。我是詩人，從來沒寫過長篇，就這麼寫起了長篇，而且一寫將近十年。我寫得十分緩慢，彷彿日常的修行，因為我很享受這個寫作的過程。如今小說終於完成了，那我就覺得一個心願也放下了。昨天中午藍藍跟我說，她有一首寫外婆的詩被李宗盛譜了曲，很快也會發行，我很高興我們都有一個摯愛的外婆。我們每個人都有一個外婆，那文學的作用我覺得就是傳達愛，傳達一種生生不息的、令人心生溫暖的愛，我相信遺傳和基因的力量是強大的。通過寫《外婆史詩》，我覺得我的一些心結也解開了，我覺得我們目前的生活狀態比外婆她們那個年代不知道要好多少倍。所以我覺得外婆真偉大，女性真偉大，我們每一個人的母親都值得一寫再寫。

另外說到詩集，因為我是杭州人，從小在西湖邊長大，對杭州十分熟悉，所以就有一個心願想要為西湖、為杭州寫一本詩集。詩歌也是一種看待世界的方式，它包含了「看」，一種思想的認知；亦包括了「待」，指處理事物的態度。詩集《我對美看得太久——西湖印象詩100》完成於二〇〇九年，一景一詩，共一百首，後來被評為杭州市城市禮品唯一出版物。我覺得這部詩集完成了西湖文化的一種宿命：把文化的眼光還給大眾。多年前我就想做這兩件事：一是為我生活的城市寫一部詩集；二是為我的外婆寫一部長篇。這兩件事都具有挑戰性，幸運的是我終於完成了它們。總之，作為一個六〇後，頭腦裡總有一種理想主義的東西，總覺得要做些什麼，交代些什麼，在年輕一些的人看來或許顯得比較可笑吧。

劉滄龍：

我覺得講到了一個非常關鍵的、本質的愛和堅持，不管是陰性或母性，在這裡面我覺得是很普遍的情感。當然，尤其在母性，剛剛提到的外婆這個形象，盧文麗說她在夾逼的生活狀態裡書寫自己的城市，也提到了跟外婆有一種很深的情感的聯結，甚至是糾結，也在書寫當中解開了心結。關於書寫的治療和理解，這些都十分關鍵，謝謝盧文麗。再來有請蔡珠兒。

蔡珠兒：

剛才朱國珍講的中性，我有些不同的想法。我常年住在海外，年紀越大，在外面的時間越久，我就覺得，自己的特質越重要。比如說，我對臺灣的瞭解，是我離開臺灣之後才開始的，因為發現自己和別人不同。外國朋友也會問，臺灣人冬天吃什麼？臺灣為什麼有很多夜市？個體和他人不同，這是本質論（essentialism），比如說，我是個女性，我住在臺北，這些看起來是地方性，可是會變得越來越重要。因為你會由此發展出特性，建立出文化座標，並由此來看待自己和這個世界。雖然我們追求性別平等，但是這個平等，不是消抹差異性，而是經由差異性，建立一致性，這是個正反合的辯證過程。

另外，關於女性的角色，我很佩服藍藍跟盧文麗老師，還有平路也是，她們都能面面俱到，一方面是成功的作家，一方面是盡職的母親，達成女性被賦予的角色。然而對我來說，母親是一個沉重的角色，人生每次只能選一樣，所以我很早就決定不生育，選擇閱讀和寫作，雖然至今還沒有寫出什麼名堂，但我並不後悔。身為女人卻不做母親，是個非常自私的決定，可能也違反人類進化。但是地球上已經有這麼多人，也不缺我一個人不生育，對不對？我的身體是我自己的，女人不一定要做母親。這事不是自己說了算，我非常幸運，得到丈夫和家人的支持，得以豁免母性重擔，只做我自己。然而取捨之間，百般掙扎，終究是千古之難。

劉滄龍：

謝謝蔡珠兒提到兩點。先說後面的這個女性的重擔，好像前面平路第一次的發言是講女性被逼在角落裡面，或者她不說故事，她就沒辦法活下去。那麼，我很好奇，各位肩負著女性的重擔，還有這麼強的力量從事寫作，那要有多大的勇氣去堅持，要有多大的耐受力。顯然，這不是為了一種很自我中心主義的，要站在舞臺中間張揚什麼的。就像我們對男性的客觀印象，站在舞臺中間要控制這個世界，給出一個規範秩序來控制別人。雖然我這樣子污名化男性，也是有點問題，但是我想相對來說女性更願意承擔更多的責任，甚至在書寫當中願意去講對自己生命很重要的人。在這樣一個寫的過程裡，對自己而言也是一個聆聽的過程，對被書寫的對象，也有一個很深的理解和同情，讓他又活過來現身。

在平路的小說裡面，常常有這種歷史人物，或者平凡底層的女性形象。到底發生了什麼事，可以讓她的動力這麼強？她可以跟你不相干，但為什麼對她給予了這麼大的寄望？就像蔡珠兒，她對於這些植物和食物的關愛，那種同情共感的聯結。我想都和平路一開始說的敏感性，這種sensitive ability，陰性特質有關係，我想這會是今天的一個小結論。我想知道平路可以再如何延伸，或者有什麼補充的部分。

平路：

說到為什麼寫這個問題，前面幾位都提到，內在的動力為什麼那麼強大，對我來講最簡單的答案，就是瞭解自己，瞭解自己能帶來莫大的滿足感。所以我寫小說的話，人物一定都有我本身的成分，在書寫的過程中，就像福樓拜寫《包法利夫人》的感覺，每一個角色都是我。往往是透過另外一個聲音，可以更瞭解自己生命的由來和種種不容易，對我來講那個發現自己、瞭解自己的過程，滿足而充實。像是剝洋蔥一樣，剝開一層裡面還有一層，而真正的內心世界深藏其中，真正的內心圖像，越來越清楚的時候，會帶來很大的滿足感，至少，那是支持我一直寫下去的力量。

某種意義上，在成長過程中，對性別的認知是一個染色的過程，很多是社會化的結果，後來種種，其實是覆蓋上去的。我是母親，我有一個兒子跟一個女兒，剛好是兩個性別，所以對我來講，養育他們的時候一方面在做實驗，譬如，教養我的兒子，開始給他買的玩具就是娃娃，教養女兒剛好顛倒過來，我給女兒買很多平常男孩子玩的玩具。等我兒子越長越大，大概兩、三歲以後，他會把那個娃娃當作橄欖球，丟出去又撿回來，毫無憐惜之情。或者那時候社會化的影響進來了，他覺得娃娃是不符合他性別形象的，所以那時候他扔擲這些非常可愛的娃娃。無論父母多麼希望小孩可以免於這一類社會化之後的影響，孩子一天天長大，做母親的看自己孩子，能夠做的很有限，外在有各種各樣的影響。做母親最有意義的，反而是有機會讓自己回憶，有機會重新看自己怎麼長大，會回想起很多片段。其實這也是瞭解自己的過程。彷彿象徵性地，把小小的自己抱回來，放在自己的膝蓋上。

剛剛珠兒提到一個非常犀利的部分，就是我們的社群時代，關於性別這個議題，到底是前進還是後退？一方面，我們是處在步向多元的時代，另一方面，透過社群媒體，其實很容易在與自己各方面相似的人更加接近，在同溫層裡相濡以沫，譬如一件事發生，在臉書上洗版的，經常是跟我們看法很相似的人，所以其實這是一個有趣的問題，我們到底是更多元，還是更單一視野？到了社群媒體的時代，一方面世界這麼紛雜，似乎有不同的價值；另外一方面，只要走過任何一個廣告牆，或者化妝品廣告，或者塑身塑形廣告，其實是讓我們更以單一而苛刻的標準去定義什麼是美。

再舉一個例子，婚禮。在我成長的年代，伴侶以各種各樣的方式去宣示，這個儀式的進行方式可以很自由、很多元。時至今日，那種自由度是不是縮減了？這個世代有專門幫人安排婚禮的公司，新人按表操課，比以前多很多的精力和時間放在婚禮的準備上，到了結婚當天，經常是規格化的儀式。不禁要問，那個多元性呢？所以，我們現在到底是往前走，還是後退呢？我覺得這是很值得觀察和討論的議題。

劉滄龍：

還有很多有趣的問題，顯然是沒有辦法在這麼短的時間裡討論。不過我們今天非常幸運地有一把鑰匙可以打開吳爾芙這個自己的房間，看一看女性為什麼要寫，在社群時代，女性對自己，以及對世界所嘗試的各種書寫的可能性。我們也看到了五位詩人、小說家、散文家，彷彿就是吳爾芙所期待的，她在一九二九年出版的時候所期待——莎士比亞的妹妹就是各位。再次謝謝五位作家給我們帶來精彩的座談。

第 3 場

閱讀與批評之間：身分的轉換

時　間：2016年12月9日15:40-17:20

主持人：李志宏

與談人：李掖平、張　檸、郭強生

石曉楓、楊佳嫻

（依發言順序）

李志宏：

各位老師、各位同學，大家午安，非常高興各位能來參加今天第三場「兩岸文學對話」，本場論壇的主題是「閱讀與批評之間：身分的轉換」。在正式開始之前，請允許我先以比較正式的身分來表達一點感謝之意。我是臺灣師大國文學系教授李志宏，目前擔任圖書館副館長兼出版中心主任，很高興圖書館能夠與全球華文寫作中心共同協辦這次兩岸作家論壇活動，邀請當代大陸知名作家前來本校參與這一場非常精彩的文學盛會。同時，我也要特別感謝本校全球華文寫作中心胡衍南主任居中聯繫，促成中國作協贈送給本校圖書館一千多冊現當代作家的重要作品，使得本校圖書館能夠因此擴充了現當代文學作品的館藏內容。此次配合兩岸作家論壇的舉辦，圖書館特別於一樓設置了一個主題專區，陳列部分重要作家的作品，各位同學們若是有空且對文學有極高興趣的話，歡迎前往圖書館參閱。通過這個主題書展，大家可以進一步瞭解一些重要作家的創作成果。以上，是我在主持之前，特別先就中國作協贈書一事表達感謝之意。

接下來，就正式進入本場論壇的主題：「閱讀與批評之間：身分的轉換」。不過，在邀請本場與談人談論這個主題之前，我先做一個簡單的開場，以為拋磚引玉之用。最近我正在撰寫一篇論文，這篇論文的主題是關於清代張竹坡評點《金瓶梅》的研究，而這個論題正好可以跟我們今天的論壇主題進行聯繫。清初之際，張竹坡對於《金瓶梅》進行批評，可以說展現出十分耐人尋味的動機和目的。今天看來，張竹坡閱讀和批評《金瓶梅》的動機，第一個部分主要是想以之消解內心的各種不滿和愁悶；第二個部分則來自於他自己想要創作一部世情書，但由於前已有《金瓶梅》一書，可能自覺無法超越其成就，故退而求其次，試圖透過批評《金瓶梅》來掘發小說文本的內在意義和寫作特色，替代完成創作的欲望。所以張竹坡在批評之際，提出一個相當有意思的看法，即「我自做我之金瓶梅，我何暇與人批《金瓶梅》也哉！」從實際情形來說，張竹坡想要通過評點來完成個人心目中的創作，所以他既是一個讀者，同時也透過批評來成就自己的作者身分。因此，在批評《金瓶梅》的過程中，張竹坡究竟如何通過評點來展現個人的閱讀姿態，並從中傳達出對作品的深刻理解，便顯得十分耐人尋味。

關於這樣的問題，當然就可以回歸到今天在座的幾位貴賓身上，請他們來現身說法。基本上，在座幾位貴賓既是作家，同時在創作之外，也是非常專業的學術研究者。當他們面對作品時，可能就會出現從非常單純閱讀到非常專業閱讀的身分轉換問題，尤其當他們從事學術論文寫作時，其中所展現出來的批評性閱讀，可能更體現出一種非常特殊的閱讀姿態。因此，今天的論壇主題或許會呈現出一個相當有趣的狀況，那就是在座幾位貴賓究竟是如何面對閱讀與批評之間的身分轉換問題。具體來說，當幾位與談人從一般讀者的單純閱讀轉變成為專業讀者的閱讀時，不論是閱讀的姿態、閱讀的觀點，以及切入作品的方式，是否會因身分的轉換而造成極大的不同？今天我們非常希望能夠通過這場座談，好好聆聽在座幾位貴賓對於個人在閱讀取向、閱讀方法和閱讀觀念等方面所提出的重要看法。又如果時間允許的話，或許最後也請在座幾位貴賓能夠分享一些自己喜歡的私房書，以提供在場同學們參考。

現在進入正題，為了讓這一場座談主題能夠展現出更豐富的討論面向，基本上我想細分成三個小問題，依次來聽聽大家的想法。第一，身處在這個時代，我們常常關心的是應該如何面對文學這件事情。文學在這個時代裡面要被討論，要被喜愛，越來越被其他媒體的競逐勢力所影響。在我個人的教學經驗裡，我常常會提醒學生一件事情，即以前我們常會問一個問題：「我們為什麼需要文學？」但是，現在我們能不能轉變一下提問的方式，將問題變成為「如果我們能夠擁有文學？」從不同的角度來重新思考文學與我們的關係，並理解我們是如何面對文學這件事情。第二，當我們在談論文學作品時，我們總是通過一種非常偶然的方式進入作品的虛擬現實世界裡面。令人好奇的是，在文學作品中，世界的存在究竟是被發現的，還是被創造出來的？在場幾位老師都有創作的身分，又有讀者的身分，不曉得各位老師心中的想法會是什麼？第三，當我們在閱讀文學作品時，總是想要充分瞭解文學作品背後所可能具有的意義。這個問題，可能跟早上一場和下午一場座談裡所談論到的部分有關，即對於文學作品存在價值的深刻認識。基本上，對文學意義的某種追求，必然要透過作品的閱讀才能有所瞭解。但問題在於，在正讀跟誤讀之間，到底讀者要怎麼樣閱讀作品，才能掌握和貼近作品真正所想要表達的意義？而這樣的可能性又該如何評估？接下來，大概就是針對上述三個小問題，聆聽各位老師的看法。雖說是小問題，但也可能都是非常大的問題。首先，我們就從第一個問題開始來談，先聽聽在座幾位老師是如何面對文學的。在過去我們透過文學來認識世界的時候，文學是一個很重要的媒介，但現今處於媒體盛行的時代，文學如何能夠在與媒體競逐之時恢復其該有的位置？第一位先請李掖平老師跟我們談談她的想法。

李掖平：

我是來自山東師範大學的一名教師，所以今天這個關於閱讀與批評之間身分轉化的話題，我真的有很多切身的體驗，想和大家共同交流。當年研究生畢業之後我之所以選擇留在高校教書，後來做了一位學者的主要原因，還真的是從喜歡文學閱讀開始的。我剛上小學二年級時，就在父親的病榻前，開始陸陸續續聽他老人家講述唐詩宋詞。我記得最清楚的就是父親最後給我講讀的那首蘇東坡的〈水調歌頭．明月幾時有〉，都還沒有講完下闋，父親就去世了。那時我雖然年紀很小，但是這些唐詩宋詞裡面那種淒然的美，那種讓我不知不覺就淚流滿面的柔軟與感動，就讓我覺得文學真是一個特別好的東西。後來一九七八年恢復高考的第二年，我考大學時就選擇了讀中文系，一九八二年大學畢業又直接考讀中國現當代文學研究中心的研究生。在讀大學和讀研期間，通過大量閱讀魯迅、胡適、許地山、徐志摩、張愛玲、沈從文、錢鍾書等人的文本之後，我更加確信文學真的是一項非常有意義也有意思的事業。我相信魯迅當年對文學的定義是非常中肯的，他說文學是熱愛生活的人的思想發出的光芒，同時文學又是引導民眾前進的燈火。

記得是在一九八一年準備做本科生畢業論文的時候，我在校園裡大操場上第一次閱讀了張愛玲的小說《傾城之戀》，那是張愛玲唯一一篇有一個大團圓結局的作品，卻讀得我黯然神傷。因為我從來沒有讀到過像這本小說一樣，能夠把人生的不圓滿寫得那麼委婉起伏，又那麼絲絲入扣，我也從來沒有意識到原來個人真的是無法與強悍的命運相抗衡的。所以我就在想，張愛玲為什麼要通過這個有著圓滿結局的婚戀故事，向廣大讀者昭示人生的不可靠和人性的無可奈何？她心裡一定是有著萬萬千千思緒的。所以後來我的大學論文就選做了「論張愛玲的小說創作」。

讀研期間我的老師是田仲濟先生（他是大陸高校現當代文學研究的創始人之一），他告訴我們說，如果你選擇以文學研究做職業，那麼你就不能再按一般的閱讀標準去閱讀文本，而要以理性分析的眼光進入文本，貼著文本字裡行間的思想肌理去走，不僅要辨析作者為什麼要這樣寫，更要評估他之所以這樣寫會給文壇帶來什麼，他的獨創性何在，以及這種寫作方式對於人類寫作經驗的積累所做出的貢獻。於是我明白了，原來泛泛的閱讀對於一個搞研究者來說是遠遠不夠的。一個研究者或者說評論者，必須動用理性的思維，走進文本之後抓住它的事件，它的故事，它的人物，它的場景，甚至它的語言，去發探作者的個體生命與世界的聯繫方式是怎麼搭建起來的，去評析通過這一個聯繫的管道，這篇作品塑造了什麼樣的人物形象，這個人物到達了怎樣的人性深度，揭示了哪些生存真相。這顯然就和單純的閱讀拉開了距離。一般的閱讀者讀書，開始都是不擇而讀，所謂開卷有益，拿到手裡便什麼都看，看任何東西都會受到一定的啟迪。但作為一個搞研究、搞評論的人，無擇而讀是不夠的，他必須進行主動的選擇。所以成為一個高校搞現當代文學的研究者之後，我在閱讀的時候就會有所選擇，就會按照每一個時期所確定的科研課題的要求，去有意識的、系統的進行一種理論學習，和進行一系列相關文本的細讀。

每個人的生命其實都是極其有限的，就算現代生活條件和醫療條件越來越好，已經能夠使人活到一百二十七歲，這是最新發布的成果，但是對於無垠的宇宙和大化之流生生不息的人類來講，一百二十七歲、三百二十七歲、五百二十七歲又算得了什麼？依然不過是短暫的一瞬。那麼，我們通過什麼能夠延長生命呢？換句話說，我們怎樣才能拓展自己的生活舞臺，或者說生存空間，能夠多方面的溝通、吸收並連通廣泛的人生經驗呢？那就是閱讀。閱讀，可以無限寬闊我們的視野，可以無限延長我們的時空。我至今記得還沒上大學時就讀到的那首〈越人歌〉，那是西漢的劉向在編纂《說苑》時收錄的一首先秦詩歌：「今夕何夕兮，搴舟中流；今日何日兮，得與王子同舟。蒙羞被好兮，不訾詬恥；心幾煩而不絕兮，得知王子。山有木兮木有枝，心悅君兮君不知。」這首詩一下子就讓我的思緒接回到，或者說跳接到幾千年之前的那個先秦時代，一個眉清目秀的民間女子，一個普通的沒有被記錄下來姓啥名誰的打槳的村姑，但是她那份一見鍾情的愛，和知道自己與對方的身分相差過於懸殊，而永遠無以抵達的那種憂傷與絕望，就深深的打動了我。於是我就知道，我不瞭解這個女孩的姓名和來歷、不知道她究竟有多美麗動人都不要緊，這首詩讓我成功的穿越了時光的隧道，往前穿，活在了先秦時代。我知道了在那個時期男女青年的愛情，和今天大致也是一樣的，那就是真的有一見鍾情，真的有後來泰戈爾在詩集中所抒唱的那種哀傷和幽怨，「世界上最遠的距離，不是生與死的距離，而是我站在你面前，你不知道我愛你」。這份愛、和愛卻無以抵達而引發的傷感與絕望，帶有穿越時空的魅力。不管那個女孩是誰，也不管今天能讀到這首詩歌的學生們是誰，我們都會知道這份愛是真誠的，是純潔的，而且是值得我們永遠珍惜的。由此，我們生命就被一下子拓寬了，拉長了。所以，閱讀真的能夠讓一個人活很多個人的生活，能夠經歷很多生命的精彩。後來我留校之後，我就覺得應該把自己所學到的，把自己對於文學、文本的理解與把握，和我的學生進行溝通。

在具體進行文學研究或評論的時候，也許有的學生會提出問題說，我們有時會用社會學的批評方式解讀，有時又會用精神分析學說的方法解讀，而對女作家的作品又會用女權主義的批評，或者說女性批評話語去進行解讀。那麼，我們究竟該怎樣進行文學批評和研究呢？我們面對這浩如煙海的作品的時候，究竟以什麼樣、能夠恆定的標準去分析評價作家作品呢？對這個問題，我是這樣認為的：雖然我們知道，武無第二，文無第一，但是天地之間衡量好作家好作品的標準是存在的，那就是看他如何表現生命和人性。如果他對生命圖案的描畫是真實的，是帶有普泛的人生意義和代表性的，那麼儘管這個圖案有的是完美的，有的是殘缺的，我們卻從這些或者完美、或者殘缺的生命圖案中啟動了自己曾經有過的感動、興奮或者哀傷，引發出諸多的想像與聯想，獲得了有意義的啟迪和教化，並在頓悟和共鳴中，與文本中的故事奇特地融合在一起，讓自己在那個故事中，在那種情景下，重新活了一回，活在了那個文本的當下，甚至超越了那個文本的方向和自己目前所處的位置與空間。

當我們用女性主義批評尺度去衡量具體文本的時候，我覺得最有效的方法就是比較。我們可以通過男性作家對愛情場景的描寫，和女性作家對愛情場景的表述有何不同這個角度進入作品，就會發現很多有趣的現象。在男性作家的筆下，女主角一般都是乖巧的，聽話的，小鳥依人式的。她們在愛情的整個過程中幾乎都是被動的，接受的，是領取男人的恩惠的。但是在很多女作家筆下就不會這麼寫，她們會讓女主角同樣成為愛情場域中的帝王和主宰，主動發出愛情的邀約，具有追求愛情的堅持和捍衛愛情的決絕。她們可能會像男性筆下的男主人公一樣，那麼堅定、那麼從容，又那麼的十分有把握。這裡邊顯然就存在著描寫的差距，儘管不過是一個愛情細節的差距，卻讓我們看到了作為男作家的生命特質在文本中的投射，與女作家的生命特質在文本中的不同映現。

進行比較或參照對比的閱讀方式，是我個人在解讀具體文學文本的時候最常用到的方法，這也許是我們在挑選作品的時候和衡量一部作品是否優秀的時候應該遵循的一個尺度。比如說，文學的確是有教化功能的，但它的教化不同於政治的說教和標語的外加，而是要以鮮活生動的生活和人性細節，去引導和啟發讀者向真善美張望，向真善美出發，向真善美靠近。如果一個作品不是為了弘揚善，而是為了暴露惡去寫作，我就會判斷這個作品依然沒有擺脫純自然主義的在場再現。而文學創作之所以是創作而不是再現，是一種文學表現，就在於它不應該為表現惡而展示惡，而是為了懲戒惡而揭露惡、批判惡，所以好的文本永遠在教化人心向上，教化人性向善，教化人性向美，引領靈魂向高處，向自由的高度飛翔。那麼，按照這種恆定的標準，或者說按照這種具有普世價值意義的標準來衡量，我覺得其實題材並沒有高低之分，甚至裡面的人物也不在於他是權貴一方還是財富天下，或者窮得一文不名或者命運多舛。重要的是這位富賈，這位達人，這個灰姑娘，這個不幸者，他們自己的生命歷程是如何穿行而來的，他們與世界的關係是如何建立的，以及他們的人生經歷給人類的生存經驗提供了哪些借鑒和參照的獨特價值。所以從這個角度來說，我真的是因為喜歡閱讀而愛上了文學，又因為愛上了文學，所以決定研究生畢業之後什麼工作也不再去找，就老老實實地留在高校，站在那三尺講臺，把對於文學裡面真善美的描寫細心地挑撿出來，拿出來和我的學生們共同分享。我們可以為一個悲傷的故事而憂愁，我們更可以為一件令人興奮的事情而快樂的飛揚。而生命就一次又一次地沉浸在審美的頓悟和共鳴中，達到了生命本體與創作文本和批評文本之間奇妙的融合。

李志宏：

我想還是先來介紹一下在座幾位老師，因為有些同學可能沒有拿到簡介資料。剛才發言的是李掖平老師，她是山東師範大學文學院教授、博士生導師。人生是很奇妙的，李老師年少時可能就只是一個很單純喜歡閱讀的學生，也許當時的她從來沒有想過，因為喜歡閱讀，日後她可以成為一個文學院的教授，甚至還可以指導博士生從事文學研究。所以，當我們在面對文學有用與無用的問題時，我們所必須思考的，是究竟要怎麼樣重新來理解這個問題的本質。這個問題可以留給各位自己去看、去想。剛剛在李老師身上所體現出來的一個情況，是信手拈來對於一些文學作品的念誦，分享她對文學作品的深刻理解，以及她面對文學作品閱讀和研究時所具有的熱情，充分展現出對文學的熱愛。這顯示了文學在我們所處的這個世界裡面，對於很多人來講是非常重要的。今天我們透過這些專家、學者的分享，無非就是希望大家能夠感受到他們在面對文學時的那種熱情，以及透過文學，如何深入理解人生、命運，以及思考人性在這個世界如何依存等等問題。

接下來，我想幾位老師應該都會像李老師一樣這麼熱情地展現出他們的閱讀姿態。有請張檸教授，他是北京師範大學中國當代文學與文化研究中心主任、文學院教授、博士生導師。

張檸：

我們今天討論的話題是「閱讀與批評之間：身分的轉換」。話題好像是要將閱讀和批評分開來談，有一種叫「閱讀」，還有一種叫「批評」，閱讀和批評之間有一定的差別。我認為，閱讀和批評之間沒有那麼大的差別，而是二而一的東西，因為沒有一種不帶批評的閱讀。

左起：楊佳嫻、石曉楓、郭強生、李志宏、張檸、李掖平。

閱讀一定是有批評的態度在背後的，當然，批評的水準和能力有高低。至於那種不帶批評的閱讀，我們不討論它。因為它叫認字，不叫閱讀。在網上認字也好，在場會上認字也好，在房間裡認字也好，那種消閒式的閱讀不在我們的討論之內。因此，在這樣的場合，在高等學校、一流學府裡討論閱讀問題，也就自然而然包含著批評的話題在裡面。

既然好的閱讀一定是帶有批評的閱讀，那麼，我們就要想一想，我們閱讀什麼？你們考大學，比如考上了臺灣師範大學，學校有很多老師在指導你們，在你們進校之前，就有人幫你們設計好了，一年級讀什麼，二年級讀什麼，三年級讀什麼。讀什麼，怎麼讀，幾乎是你們在校學習的全部。當然也有些同學是天才，他不願意跟著學校和老師的設計走，他心想：我要跳過去，我不跟著你們讀，我直接去挑戰最高難度的閱讀，這種個別情況也是有的。但是一般而言，都是要循序漸進地根據老師的安排來讀。為什麼要跟著老師安排來讀？我們就以我的專業文學為例來分析。儘管不同時代的文學，都在表達人們的喜怒哀樂，或者都要用賦比興的手法達到興觀群怨的效果，但不同時代的手法是有變化的，所以說「一時代有一時代的文學」。不同時代，文學形態發生巨大的變化，你要瞭解為什麼有這種變化，這個時代為什麼有這樣的文學，那個時代是那樣的文學。老師會給你講，唐詩宋詞元曲明小說現代白話文。如果你拿一首唐詩和胡適的詩放在一起比，那是沒有辦法比的，它們完全不一樣。你不能用唐詩去否定胡適的詩，你也不能用胡適的詩去否定唐詩。每一個時代有它自身的特徵，文學既要表達不同時代共同的精神困境，又要表達自己的時代的特殊性，而且還要找到表達特殊性的新形式。

我們再舉一個例子來分析，閱讀過程中批評的重要性。在古典時代，世界是沒有疑問的。沒有疑問的世界和自然，展示在我們面前，都是美好的，你不需要有多大的想像力，你直接說出來就可以了，就是美的，就是詩。比如「江南可採蓮，蓮葉何田田，魚戲蓮葉間」這首詩，內容就像散文一樣直白，這叫鋪陳，鋪陳出來就可以了。這是古典世界。當我們面對的世界發生了巨大的變化之後，那種沒有疑問的世界，美的世界、詩的世界消失了，這個時候你再要去表現美，你就要想，要動腦子了。如果你的腦子不行，沒有想像力，世界上有這麼多美，你為什麼發現不了？你只能發現蓮葉，你只能發現花朵才是美的，那些古人已經寫盡了的東西。我們身邊這麼多美，你怎麼發現不了？文學創作是發現新的東西，別人已經寫過的你就不要再寫，再寫就是抄襲了。那麼文學創作不但不可以抄襲別人，也不能夠抄襲自己。你寫了一首好詩，大家都說很不錯，然後第二天你說我再寫一首這樣的詩，那是抄襲嘛，那不可以的，不可以重複別人也不能重複自己。魯迅的小說，二十五個短篇小說（外加八個歷史小說）沒有一個重複的。每一個小說創造一種敘事模式，這就叫創作。所以我們在學校學習閱讀的時候，實際上是在批評你的閱讀，實際上是在尋找每一個時代有哪種表達美的方式，沒有永恆的東西，沒有一定只能這樣表達愛情，唐代這樣表達愛情，宋代就必須也這樣表達，清代也這樣表達，我們這個時代也要這樣表達，不可以的。每一個時代表達愛情的方法不一樣，今天你們表達愛情的一個方法是在臉書、在微信裡發表情，你們發過來的表情我們根本就看不懂。時代不一樣了，這個就叫區別。

再比如說，雨果筆下的小說世界，跟杜斯妥也夫斯基筆下的小說世界就不一樣，完全變了。在西方古典的審美時代，批判現代主義時代，到一八五〇年代就發生了很大的變化。一八五〇年代，也是現代主義的源頭，出現了一種特別奇怪的觀念：「人」不行了，他們再也不是莎士比亞筆下那個「宇宙之精華，萬物之靈長」；人變成了「蟲」。杜斯妥也夫斯基寫到：我是一個有病的人，我肝臟有病，但我不去治病，我相信醫生和科學，但是我就是不去看病，我這樣做是故意的。卡夫卡也說：格里高利早上醒來，發現自己變成了一隻甲殼蟲，為什麼？因為他再也不相信文藝復興所提供的那種關於大寫的人的神話，人變成了疑問，所以才出現杜斯妥也夫斯基，才出現卡夫卡，才出現布魯斯特，才出現喬伊斯。這個批評閱讀是老師要教給你的，要跟你講西方文學史、中國文學史，要一層一層的講，訓練你循著不同時代的變化，去尋找文學變化的規律。這是屬於「學術性批評閱讀」層面的問題。

還有一種叫「感受性批評閱讀」，這是學術性批評閱讀的當代延伸。今天擺在你們面前最困難的，並不是閱讀文學經典，閱讀《紅樓夢》、《三國演義》、《水滸傳》，沒有什麼困難。最困難的是什麼？最困難的是昨天的《聯合報》上面發表的那篇散文，那首詩或那篇小說，好不好？你怎麼評價它？沒有人研究過，全靠你自己的判斷。這是一種挑戰。如果你跟你的老師說，我發現了一個偉大的作家，他的作品太好了。老師問，誰啊？你說，曹雪芹和《紅樓夢》。老師會說，你基本上沒學到什麼東西。《紅樓夢》的偉大不需要你去發現它。這是一個常識。如果你告訴老師，昨天在《聯合報》上讀到一首詩，寫得非常棒！老師問，好在哪裡？你說了，而且能夠說十分鐘。一首詩能夠說十分鐘，老師會說，你很棒，你來做我的研究生，我收你了。這個很不容易，非常困難。要通過幾年的訓練，才可以具備獨立判斷作品好壞的能力，從來沒有人評價過的作品，進行自己獨立的探照和評價，這是大學四年本科要達到的一個基本要求。如果你讀四年畢業後，還沒有達到這個要求，一首詩出來了不知道好不好，一篇散文刊出來了，我不知道好不好？你問我爸爸去。那你這畢業文憑怎麼混來的？特別是文學系、中文系的同學，他一定要過這個關。而且他不僅要有能力對自己喜歡的優秀作品給予評價，還要對自己不太喜歡的文學作品也能進行評價。你說這個我不喜歡，這不是我的菜；學校也不是讓你來吃菜的。你現在是學者，是一名批評家，你要對這個世界上發生的事情進行評價，或者說，對這個文學界發生的事情進行評價。儘管你個人的趣味跟那個趣味不是很相投，但是你要有能力去說它。這是科學的批評的方法。所以，我們在大學的四年，一定是要把中外的一流作品讀個遍，形成自己對美的判斷的基本能力，然後才往前伸那麼一點點。也就是說，我才有能力去評價正在發生的事情，正在出現的文學作品。

我們的本科生，現在最大的困難是對新詩的態度。怎麼看待一首詩好不好？這是比較難的。古典詩歌好辨，跟著混就行了。我個人的教學經驗，學生們對新詩的判斷比較困難。原因在於今天我們所讀到的詩，跟《詩經》時代的詩，跟唐代詩歌時期的詩，形態、概念，都發生了巨大的變化，它不再是那種把美直接唱出來、說出來就可以了的「詩」。有一個非常有意思的說法，古典詩歌的形式是詩，內容是散文；新詩的形式是散文，內容是詩。也就是說，新詩裡面那些所謂的詩意，是需要發現的。不但在作詩的人本身要去發現它，讀者也要去發現它。而古典詩歌中的美，它是不需要絞盡腦汁去想，直接唱出來就可以。這是沒有疑問的事情。它完全是一個美的世界，所以只要合乎詩歌的形式，有押韻，講格律，把它寫出來，符合韻律就可以了。而新詩，它完全是另外一個世界。比如說我們有對於美的感受，有對於焦慮的感受，但是我不知道怎麼用詩去寫它，我不知道怎麼說。當有一個人第一次說出來的時候，它就是詩。比如寂寞，對於寂寞的表達，以前古典詩歌裡面，我們沒有找到對寂寞的表達；當有一個詩人說「我的寂寞像一條蛇」，這個就是詩，在兩個不相關的事物之間建立關聯，在兩個不相關的詞語之間建立新的關聯詞，這個是新詩的表達。因此它要求你擺脫既定成說的詞語和事件，對於一個全新的事件有感知能力，這個就是我們的專業性，批評式閱讀帶給我們的一種閱讀文學的能力。我想這種能力的培養是我們在大學期間要達到的基本要求。

李志宏：

張老師的談話一下子就跳到非常高深的層次來提示各位，其中很重要的部分，大概就是希望大家能夠通過大量閱讀的方式，去培養自己理解這個世界的一種眼光，以及學習掌握文學作品背後的一種美感。從這樣的經驗出發，我們在閱讀過程裡面當然就不會只是停留在一個單純認知式的閱讀之上，而是會帶著某種程度的批評眼光來理解文學作品，進而從中瞭解一個作家如何面對這個世界，如何理解這個世界，如何通過文字表達這個世界。然後，從中體會每個作家在尋求表達方式的過程裡面，又如何建構出他想要呈現的某種價值。所以，張檸教授提醒了我們一件重要的事情，那就是閱讀不應該有偏執化的現象，除了要面對自己喜歡的作品，同時也要去理解自己為什麼會不喜歡某些作品？從這裡面去思考如何正確面對文學這件事情。他現在所給予的提示，是希望我們應該展現出更積極的讀者姿態，以便能夠深入理解文學作品存在的重要價值。

接下來第三位我們要請郭強生老師發言。郭強生老師是東華大學創作與英語文學研究所教授，他的個人創作非常多，但是今天在身分上要做一點轉換，回到他是一個讀者的立場，提供自己在閱讀跟批評上是如何面對作品的一些想法。

郭強生：

講到身分轉換，我覺得我每天都忙於做身分轉換這件事，不管是一個作家的身分，或者是一個學院老師的身分，或者是文學研究者的身分，甚至作為一個文化人也在不同的場域，做不同模式的推廣或者傳播或者介紹。這裡頭其實都有一個重點，前面兩位老師也提到了，就是理解的提升，以及判斷力的建立。我跟前面兩位老師比較不一樣的背景身分，就是我曾經受命在臺灣開辦一個創作研究所。對我來講，這個挑戰有它的一個前瞻性，雖然這件事經過十幾年的努力，最後礙於法規沒有辦法突破，只招生了十屆，卻在臺灣造成了不小的影響，培養了許多人才。我在做這件事情時，把重點放在如何讓創作者有一種不同的眼光，朝這方面去訓練，然後讓文學批評和個人的文學創作之間能夠融合，這是我自己當初的一個試驗，在這過程當中也得到了很多心得。

接續著剛才張教授的發言，現在很多人其實連閱讀是什麼都不知道。有人覺得認識字就會閱讀，其實閱讀也是有門檻，得一步一步來的。我常常跟一些年輕朋友開玩笑，我說你去學煮咖啡，都有一些入門的條件，你一定要去懂得，要去比較，要去分析，阿拉比卡跟什麼南美雨林，每個生產地的每一種咖啡特色你都要瞭解比較過，都要去嘗過，你才會知道什麼叫做咖啡豆。閱讀這件事也是一樣，要堅持的道理也跟最基本的學煮咖啡要瞭解咖啡豆一樣，你要閱讀文學，就要對各種不同的人生境遇進行瞭解，對不同時代的政治氛圍、不同的社會價值觀有所認識，並對於曾已有過多少不同的表現方式去探索、去思索。大家一定很好奇，到底我剛剛說的辦創作研究所的法規限制是什麼，那就是，再偉大的作家都不能進臺灣的大學做專任教授，因為你沒有論文，這是最可笑的事情。我現在常常講一個觀念，大學教育、高等教育不應該當成中小學義務教育一樣去管理。創作研究所在美國已有快八、九十年的歷史，他們就沒有這樣規定，沒有博士學位不能聘為教授，即使得過諾貝爾文學獎，你還是不能聘他，因為他沒有博士學位，他沒有出版論文……這個限制在國外是不存在的。

此外，當初創辦的時候，還面臨到另一個質疑，那就是創作能教嗎？當然可以教。為什麼？因為創作這件事情，我跟學生講的第一課就是，你的格局眼界有多高，你的下筆就有多高。所以這個問題不在於你有多少的寫作技巧，而是在於你的眼界格局有沒有提升。同樣的題材，比如兩個人一起去一個地方旅行，從頭到尾形影不離，回來之後寫的一篇遊記也會有高下之分，為什麼？因為眼界格局的建立。那眼界格局的建立最基本可以做的是什麼？就是從閱讀而來。我甚至跟學生說，我沒有期待你們一定要成為很好的作家，其實相較於成為好的作家，更重要的是先當一個好的讀者，如果那個時代的讀者都是庸俗的、懶惰的，再好的作品寫出來也沒有用。所以我說好的讀者搞不好有時候比優秀的作家更重要，好的作品是被優秀的讀者所發現的，不是作家自己宣傳、自吹自擂而來的。所以這就是我給學生最基本的良方，經由指導與豐富閱讀來提升創作、教導寫作。

另一個外界常有的好奇，創作研究所竟然不是設立在中文系，而是把它放在英文系，為什麼？這可能同時要回應到張檸教授講的，就是你要寫作，雖然用的還是中文，但是你不看世界文學嗎？我發現很多年輕的寫作者眼光真的很窄，不光是只讀華文文學，讀的更只限於當代文學或者只讀同輩的作品，只想知道別人為什麼寫這篇會得獎，越來越窄化，連前輩經典都不讀了。這是我一直試圖想要打破的。所以當初我們在課程設計上，不只是得要大量閱讀西方的作品，甚至於不管你的英文閱讀程度怎麼樣，我們要求有一年的時間，以零學分必修的方式，讓學生嘗試著閱讀英文原著。為什麼？因為身為一個寫作者，對文字就要有基本的興趣，對各種文字和其他語言也要有點涉獵。以西方來講，沒有一個真正優秀的作家是不會外語的，以年輕人最喜歡的村上春樹為例，他是做英文翻譯起家的，曾把很多英文小說翻譯成日文。他有一個強項，就是他的外語能力很好。對於一些英美作家來說，會一點法語或者西班牙語很平常，或者歐洲國家的一些作家閱讀英文也不是大問題。也許，國際性的作品與作家，就是這樣產生的。

在目前的整個中文教育裡，其實沒有培養出對語言，或透過語言去瞭解不同社會文化的一種認知。同樣的一件事情，不同語言文化的創作者會用什麼方式去表述，他們的語言在講同樣一件事情的時候，不僅只是文法的不同，可能就是在體驗事情的角度方式上也有所不同。寫作的人，對語言這件事情沒有興趣，也不去嘗試外國語的訓練，造成閱讀越來越窄化。閱讀窄化不僅影響創作，也影響到這些年的文學研究。我常舉歌德為例，他對於浪漫主義思想或者對藝術批評的一些想法，都是以一個完整的文學作品表達，如《浮士德》，或是《少年維特的煩惱》。再來，卡繆的《異鄉人》是存在主義哲學的啟蒙，但它更是優秀的小說。到了二十世紀以後，隨著知識的傳播系統越來越體制化，尤其比如說大學教育，學術本身已經成為一種產業之後，我們進入了另外一種生產知識的模式，這在學術訓練上造成過度分工後的窄化。現在的文學教授可以抱著一個理論教到退休，看什麼東西都是從固定理論出發，比如說馬克思主義、後殖民主義。論《白鯨記》裡的馬克思主義，《傲慢與偏見》中的後殖民主義，沒有主義他就不會閱讀了。這樣訓練出來的一批人，永遠就是只關心與他的研究領域相關的書，那也是一種偏執。

創作者與研究者同樣的有種偏執需要被打破，要能夠把格局眼光擴大，這是一個很重要的事情。我常常也會鼓勵年輕人，告訴他們不要害怕那些經典名著，所有的經典名著，你不要懷疑，它經過了一百年、兩百年，竟然還在出版，讀了不可能沒有收穫。好的文學跟不好的，就像年輕人說的CP值，CP值高的與CP值低的閱讀，兩者之間如何分辨，其實有一種很容易的認知標準，那就是這些經典的文學，優秀的作品，你每一次打開都好像是打開一本新的書。那不好的文學，可能你才讀兩段就感覺似曾相識了。所以一定要讀經典，挑戰去讀一些不熟悉的、有難度的東西，去讀一些流傳下來的作品，每隔幾年再讀，它總是還能給你很多新的東西。而且閱讀要慢，尤其現在手機和網路盛行，速度的追求成了這個時代的另一種偏執，但是閱讀是要慢的，閱讀的過程，重點不光是資訊的吸收，更重要的是你也參與其中，你也進入了創作者心思脈動的過程，我們不是被動地接收資訊而已。在閱讀的過程中，我們動用很多的感知、判斷、記憶、理解，我們同時也在做回應，這閱讀的樂趣絕對是雙向的。

對於前面講的批評式的閱讀，我自己最簡單的理解，也是我經常提醒自己的，就是底下這兩個字，英文裡頭，回應叫做 response，責任叫做responsibility，這兩件事是相關的，回應與責任，這才是一個批評式閱讀。你讀任何東西你要有所回應，而且這種回應要成為你對你的時代，你對你的社會的一個責任，我覺得這就是一個最基本的批評式閱讀的態度。

李志宏：

郭老師一開始即提到一個很重要的問題，那就是我們每個人在生活裡面，其實都有多重的身分。在不同的情境裡面，可能會因為需要而不斷處於轉換的狀態當中。當然，今天我們在談論文學時，主要就是想從老師們身上去瞭解一件事情：即從作家到一個單純的閱讀者，然後再到一個專業的批評者，不同身分的轉換之間，會不會對於自己面對文學時的認知和態度造成影響？而剛才郭老師所談的，事實上提醒了我們：在面對文學的過程裡，究竟該怎麼樣去培養一種深刻的眼光？這無疑是我們認識文學、深入文學世界的重要環節，以至於我們學會在文學閱讀當中如何去理解、體會不同的人生姿態，並由此建構出對自我更深刻的認識。我想，郭老師在剛剛的談話裡面說到一個重要關鍵，那就是文學閱讀的起步，往往決定於我們能夠多遠地去接受文學作品本身，然後從這裡面去思考，從而建築更完善的思路，當自己可以去接納和回應文學時，你會更瞭解文學對自己的重要性在哪裡。

接下來有請第四位石曉楓老師發言，她是臺灣師範大學國文學系教授。

石曉楓：

首先我要說我非常羨慕身邊的郭強生以及楊佳嫻兩位老師，他們都是十分優秀的創作者兼研究者；而我也非常佩服李掖平跟張檸兩位老師，從剛才的發言中，我可以感受到他們對學術那種澎湃的熱情。至於我個人目前則處於學術與創作的雙重倦怠期，因此以下我所有的發言內容，可能沒有辦法如主持人所要求的那麼積極、那麼的富有熱情。

其實剛才一開場，李掖平教授的發言就讓我非常的震動，在父親的病榻前讀詩詞，我覺得那是一個既哀傷又具有美感的文學啟蒙經驗與現場。於是我便反省自己為什麼會選擇文學研究作為一生的志業？其實理由很簡單，因為在年少時，我始終固執地認為職業作為一種謀生方式是艱難而無趣的，可是大部分人約有半生的時間，都在為生計而奔波，那麼，該怎樣讓這個無聊的俗務變得稍微有趣一點呢？在我非常單純的想法裡，就覺得應該把興趣結合到工作裡，才能解決這個生命問題，要不然就會像楊澤寫的詩「人生不值得活的」了啊。但是故事一定不會照你的期望走，很久很久以後，當你真的做了這樣的抉擇以及從事這樣的工作之後，就會發現完全不是那麼一回事，想像與現實間其實有很大的差距。剛才在座的學者曾經提到，而我也同意：閱讀當然不是認字，所有的閱讀基本上都是一種批評的閱讀，可是我覺得閱讀還是可以區分為各種不同的、細微的層次，也就是說，當我是一名所謂「純粹讀者」的時候，我可以在自己喜歡的文學作品裡盡情地徜徉，我可以在書頁間自由穿梭，某些段落覺得很有共鳴的時候，我可以不斷反覆地去咀嚼、去閱讀；沒有感覺的部分，就是跳過或省略也沒關係。我的意思是說，像這樣純粹的為興趣而閱讀，而不是為了反駁別人的意見、不是為了批評別人，這種閱讀經驗對我來說是非常愉悅的，就好像蜜蜂在採蜜，一點一點，然後你會從裡面汲取到不同的東西。而且我覺得閱讀就像看電影一樣，它可以帶我去經歷各種千奇百怪的命運，可能你一生都沒有辦法獲得那麼多彩多姿的生活，所以在這樣的閱讀和觀影過程裡，我是非常快樂的。

然而，當我轉換身分成為一名研究者的時候，在閱讀進行的過程當中，就必須十分自覺地去節制自己漫不經心的、隨性的，或者是漫無邊際的閱讀想像；必須有意識地抽離、避免情感的過分耽溺，因此我覺得一名研究者的閱讀比較像翻土，你必須窮盡所有力氣去細究文本裡的字字句句，它背後的象徵意涵，它暗喻、影射了些什麼？我不能因為某個作者寫到一段情節，理性上我覺得，天哪，這根本是小說的爛梗或者拙劣無比的裝置，但是因為它跟我的芭樂人生實在太扣合了，所以我就說這個作品很好，不能夠。我覺得研究者必須用稍微旁觀的眼光去閱讀，而且就是要深掘，像翻土一樣，冷靜指出各種意象、隱喻與意義。而在這樣的態度轉換當中，其實我一直在思考，也就是目前我講的所謂倦怠期和困惑之所在，我常常覺得純粹的閱讀可以讓我在情緒的共感與代入中，看到自我被開發的可能性、感受到成為一名創作者內在的潛能。但是，轉換身分成為研究者的時候，我覺得自己便只能做非常理性的、具有邏輯性的思辨，你必須進入一個批評系統，或者自成一個系統，然後在裡頭解剖作品，賦予作品意義，接著你給它價值，再為它定位。

然而，這兩者之間到底能不能夠融合呢？其實我試著做過，我的做法是在學術論文裡用比較文學性的語言，採用比較具有象徵性的、隱蔽性的語彙，然後呢？於是在臺灣的論文審查系統裡，我得到的是「語言不夠明晰有力」的評價，審查委員多會認為這樣抒情的文字是不明確、也不符合論文寫作規範的，但我就是試著要在理性的學術論文系統裡，融入一些感性的手法啊，得到的卻是這樣的批評。另外一方面，我想提提幾年前在脫離少女時期很久很久以後，終於出了第二本散文集的事，當時作家阿盛非常鼓勵我，也非常高興，他讀過整本書之後給我的評價之一是，阿盛覺得我常年在學院裡從事學術訓練、進行論文寫作，所以創作的筆調裡會有某種較為特殊的理性特質。當時見到這樣的評價，我就想：天啊，我明明不是個理性的人，為何會寫出讓人覺得理性無比的散文？接下來的反應是覺得很可怕，原來無形當中，我已經受到學術論文寫作規範的影響與制約了。所以套句剛才李掖平老師提到的〈越人歌〉：「山有木兮木有枝，心悅君兮君不知」，我覺得這詩句完全可以表達我對文學完整的愛，以及那種永遠無法抵達的、愛的絕望。

所以各位看看，我現在並不是給大家提供什麼人生經驗，反而是在表達我的困惑。然而最後，我還是要提到一點，其實在某些場合，當同樣在進行某個文本閱讀經驗的分享時，我也會默默發現，以批評者的身分跟以作家的身分進行閱讀，角度還是會有一些微妙的不同。我常常覺得，作家往往能夠從很平凡的事件，就是你可能覺得毫不起眼的一個場景、事件或是物件裡頭，一層一層的曲徑通幽，非常委婉、曲折地把你帶到一個比文本更具有想像力的地方，那就不只是「採蜜」或「掘土」，簡直是「精靈引路」了！我想，或許這就是吳爾芙或約翰生博士他們所讚許的「普通讀者」，那種兼具創造性本能、洞察力與想像力的理想讀者；而我覺得這樣子的讀者，也可能是最優秀的批評者和創作者。我一直在朝這個方向努力，也期盼大家能夠得到這樣一種閱讀與批評的快樂，因為我還是不希望彼此之間是對立的，或者是矛盾衝突的。

李志宏：

我接收到了石老師的困惑。事實上，在單純性的閱讀跟分析性的閱讀之間，的確，從一個讀者到研究者的身分轉換，其實會有很多的拉扯。如果簡單舉一個例子，我想以余光中的一個很短的詩句為例，那個詩句是他要表達對一個朋友離去的不捨，他是這樣說的：「你一走，臺北就空了，吾友。」我常常和學生討論，這句話到底它的詩意在哪裡？它美在哪裡？如果換一種方式說：「你一在，臺北就滿了，吾友。」從在座各位的會心一笑中，我想答案已經非常清楚。問題在於，兩句都表達了同樣的意思，但為什麼前一句富有詩意，而另一句卻非如此？這不禁讓我想到郭老師去年出版的一本書《何不認真來悲傷》，即當我們在面對文學的時候，其實可以從文學裡面看到生活中存在很多困境，而這些困境，實際上石老師以後有機會都可以寫入她的散文集裡面，加以充分的表達。

每一個人在面對文學的過程裡面，都可以感受到文學曾經啟蒙了我們對這個世界的一種認知方式，甚至去追求某種價值。而這些東西，都不會因時間的改變而消滅。此外，當我們把文學創作和文學研究當成一生的志業去對待的時候，更重要的是，該如何讓更多人去瞭解文學本身。因此，一方面很期待石老師可以繼續創作，另一方面也希望在她的研究裡面，能夠把她對文學的深刻認識持續帶給所有的讀者。

接下來，有請楊佳嫻老師，楊老師目前是在清華大學中文系任教。剛剛張樗老師特別提到了，現在的讀者對「詩」的閱讀總是覺得非常驚恐，無法對待，也許從楊老師個人寫詩、讀詩的經驗裡，她可以提點我們怎麼樣更好的去面對詩本身，尤其是「現代詩」這樣的作品。

楊佳嫻：

其實我剛剛就非常害怕，我猜想主持人一定會叫我回答詩的問題。果不其然。我現在在大學裡面盡量避免教詩，為的是能跟自己創作的世界保持一點距離，假設非得要教的話，也不大講自己的詩。講別人的詩是相當快樂的事，但是大家知道，如果要談自己的詩，那就太尷尬了，因為教課嘛總是希望教同學讀好詩，自己也絕對不會說自己的詩寫得很差。但是當powerpoint上面出現自己的詩，得分析自己的詩這個意象很巧妙之類的，這樣的話，我目前還說不出來。也許以後可以，我不知道。

之所以一直和詩的教學保持距離，主要是謹遵一個重要教誨，那就是我出第一本詩集，大概十二、三年前，是楊牧先生寫的序。我當時正在寫碩士論文，他就問我研究什麼，我說我研究臺灣當代外省人的一些文學作品。楊牧先生就說，你研究這麼近的東西？他認為創作者如果也做文學研究，和自己所處的時空離得越遠越好。楊牧先生本身是很好的例子，他是當代作家，可是他研究《詩經》、研究《文賦》，這夠遠的了。當然，這不表示他完全不涉入當代文學的論述，實際上他也做了很多，我想他的意思是寫作者應該培養出另一種知識的世界，而非只糾纏在與自身創作有關的網絡裡。所以呢，我遵守他的建議，稍微拉開一點點距離，後來跑去研究一九四〇年代的上海，與我所參與的當代時空就有了距離，大部分做的是小說研究，比較少碰新詩。

再來是我很幸運，最後一個發言，好處就是會接收到大家的意見跟困惑。所以剛剛曉楓在講的時候，我也立刻想到一個相關記憶。我在博士論文答辯時，五個審查委員一致認為我的論文的優點當中，有一點非常重要，就是我的論文述理清晰而且親和，看不出來是一個文學創作者寫的論文。這事情對我來說很有趣，感覺像什麼呢？大家知道同性戀在異性戀霸權的社會裡，常常必須要用一種掩蓋的、偷渡的方式，把自己的身分掩藏起來，他得假裝。我在那一片刻的感受就是這樣，把創作的那個自我掩蓋起來了，但是呢，其實在教書、選擇研究主題時，那個自我會以各種面貌在裡頭偷偷復甦。當然，我也會有點害怕，若是在學術圈裡面久了，創作的根苗，或者創作的衝動，那種打從內心裡產生的振奮感，會不會有一天消失了？學術規範所要求的理性，變成了鎧甲，穿久了還真脫不下來。

回到主持人問我的這個問題，就是說，作為純粹的讀者，換言之也就是可能你還沒有進入學術工作之前，到底是什麼樣子。我從小學時代就非常喜歡看書，對於跟同學遊戲感興趣的時間很短。閱讀帶給我的樂趣，我很慶幸那麼早就已經領會。我小時候的閱讀是極端雜食性的，如果說我的文學想像力是豐富的，也許根源是因為我在小學的時候熱衷於閱讀不那麼正經的讀物。我不知道大家有沒有讀過叫做《寰宇搜奇》的那種書。這是種廉價書，用泛黃粗糙的紙張印刷，很像盜版書，文筆其實也不好。上世紀八〇年代，高雄的夜市很有趣，是有書攤的，我家那裡的夜市，書攤剛好就擺在我家門口，所以我常去書攤看書。夜市書攤當然就不太會有卡夫卡《城堡》之類的高級圖書，而多的是《寰宇搜奇》，或者讀者文摘出版的關於蘇聯間諜啦、英國鬼屋啦的故事。《寰宇搜奇》裡都是些外星人降臨地球、旅店奇案、發現人魚蹤跡等等的小方塊故事，還有像殺人魔傑克那個英國有名的案子，我就在這種書裡先讀到的，實在大開眼界，樂趣無窮，而且可以重複一直讀。這些故事告訴你那些世界上不可思議的現象或事件，強調科學或理性也沒有辦法解決。長大之後，在二手書店裡看到《寰宇搜奇》，拿起來一翻，發現文筆其實非常差。不知道小時候為什麼那麼喜歡看？現在長大了，感受不到那種魅力了。可是當你九歲、十歲的時候，那樣的讀物其實開啟你幻想的世界。

然後，我另外一個重要啟蒙，和主持人有點關係。主持人李志宏教授是《金瓶梅》研究專家。十歲的時候，我在外公家發現了玻璃書櫃裡居然放著《金瓶梅》。當然我沒有勇氣去問外公：請問這個書你平常什麼時候看？我外公是受日據時代教育的，後來我看了高倉健演出的電影《鐵道員》，外公就是那種氣質非常嚴肅，表情不會輕易流露出來的很陽剛氣質的男性。而且我外公還真的是鐵道員。基於好奇心，大人都不在的時候我就把這書拿起來看，十歲的孩子也聽過《金瓶梅》這三個字，知道好像不是太正經的書，因此好奇心就更強烈了。我記得打開一看，看到了什麼呢，到現在還記得非常清楚，可見當時震撼有多強。我看到的是「西門慶包占王六兒」這一節，已經出現了色情描寫。而且，這書的印刷是上下兩欄，比較老式的排版。所以現在我看新排版的《金瓶梅》，是看不下去的，這跟童年記憶有關係，被制約了，只能看上下兩欄的老排版。可怕的是我居然看懂了，看懂之後，根本是發現美麗新世界，這是第二個啟蒙。

那第三個啟蒙，和我居住的地方有關。高雄前鎮區是個工業區，聚居的是中下階層的本省人，外省人非常少，高雄有很多外省人，但基本上是聚集在左營區那一邊，和我家方向上南轅北轍。因此我從小到大只認識一個外省人，他是我的鄰居，一個山東籍的伯伯。這個山東伯伯本來在高雄「地下街」開皮鞋店，後來「地下街」燒掉了，剛好伯伯年紀也大了，那個時候又開放大陸探親，伯伯他就回去山東一趟，老家好像是在青島附近的什麼地方，他回去了幾趟之後，就決定要搬回去住。我搞不太清楚當時的法律，但我記得伯伯搬回山東去了，他一九四九年來臺，在臺灣一直沒有組成家庭，太太和小孩都還在山東。伯伯要回去之前，他知道我喜歡看書，就清書清出兩三捆，用塑膠繩綁起來的舊書，有一點點髒，有些還泡了水。他說這些收在櫃子裡面實在太久了，但是他覺得這書還不錯，也許我會喜歡看。是什麼呢？是柏楊的雜文集，全套，另外還包含柏楊的《中國人史綱》。我先從雜文集開始看。雜文有一條從魯迅來的傳統，與時代緊密結合的諷刺。我從小受儒家式的溫良恭儉讓教育長大，突然在十一、二歲的時候，看到柏楊寫的罵人淋漓盡致的文章，根本是發現新大陸。當時是看了他的書之後，才開始對中國歷史有另外一種想像，才開始反省到，原來我們所學到的這些東西，不管是文化的或歷史的，事實上是一種被製作出來的東西，牽涉到立場以及敘述的問題。我很感謝柏楊的作品，在我年紀非常小的時候已經教了我這件事情。這個啟蒙之後，我不太相信大人，也不太相信課本。慢慢的就會去想，他站在什麼立場講話，他現在這個敘述對誰有益，也許就是這樣，從小就被說早熟、老成。

在十歲到十二歲之間，接受這三種完全不同的啟蒙書籍，柏楊的雜文集跟盜版的《寰宇搜奇》，這個level差太遠了，但是它們同時出現在我的世界裡，然後打開不同的門。以前我常有學生說，所以老師你小學的時候都不讀大家在讀的東西嗎？我其實跟《金瓶梅》、柏楊、《寰宇搜奇》一起讀的還有《漢聲小百科》，這是正規小孩子在讀的東西。但是我同時在狂讀金庸的武俠小說，金庸讀完就讀古龍，古龍讀完就開始讀上官鼎啊諸葛青雲什麼的，這些東西完全是混在一起的。現在回想起來，那三年的閱讀量竟然有這麼大。這些東西迫使這個小孩在無意之間提前長大了，摸到了成人世界的某一些邊角。早熟並不是刻意造成，有時候就是碰上某些機緣。

李志宏：

謝謝楊老師的分享。剛剛楊老師從她童年的閱讀經驗一路談過來，其中提到她是十歲左右讀到《金瓶梅》，這讓我感到非常的訝異，更何況她還讀了大半篇幅，實在是非常不容易。對照我到大學時才開始讀《紅樓夢》，因為那時候我很想要讀懂它，所以我就拿紅筆一個標點、一個標點一直點，但是讀到第五回的時候，就會看到有些標點劃出去一條線，劃出去一條線就表示我打瞌睡了，完全沒有辦法進入《紅樓夢》的世界。一直到後來自己從事古典小說研究，才真正的懂得如何去閱讀它。當然，這應該是因為人生歷練的改變，影響了閱讀的眼光，然後又不斷地在文學閱讀的訓練當中提升了自己的閱讀能力，因而能夠更瞭解文學存在的重要價值。

我一直很不願意面對時間，但是我又一直在偷看時鐘，現在大概只剩下二十分鐘。這場座談跟我一開始所設定的目標，即透過三個問題讓這些很難得坐在這裡的老師們分享他們的看法，恐怕是很難達成了。如果主辦單位願意再延兩個小時，那我們可以慢慢地讓他們暢所欲言。但是時間太寶貴了，我們只剩下二十分鐘，所以可能沒有辦法以原先規劃的方式進行。接下來我們開放提問，現場所有聆聽的老師們、同學們如果有什麼問題很想要瞭解的，可以發問讓所有的老師一起回答。

觀眾：

大家好，我是國文系的康書恩，我有兩個問題想要請教。臺上有幾位老師都是我非常喜愛的作家，那麼剛才聽到石曉楓老師講到她的歷程時有點驚訝，因為這個疑惑是我在師大這四年當中非常有感觸的一點。我從大一的時候，一般學生可能就是我們今天從事文學研究、文學批評的時候，都是照正規理性的思維去寫，可是我總覺得，為什麼當中不能夠含括一些感性的成分？我一直覺得，人本身兼具理性跟感性兩個層面，那為什麼要分別切開這兩個部分，去做批評跟閱讀這樣子的一個建構。所以，其實我從大一到大四，一直非常努力的希望能夠在我的一些作業當中去呈現這兩個面向，同時讓這兩個面向都能夠在議評當中成立。所以我想要問的第一個問題就是，難道在文學批評當中，真的不能夠含有理性跟感性這兩個部分嗎？

第二個問題是，剛才講到文學批評的一個問題就是郭老師提到的眼界，其實這個我一直也很有疑惑，因為自己本身喜歡創作，有非常多的朋友也會問我，那你們怎麼樣分判作品的高低。這件事情我自己一直有疑惑，好像在我們這個時代，或者說傳統不斷地遺留下的一個時代，就會認為說，好像談自己的愛情，或談自己的感情，就是一些與自己生活周遭比較近的東西是屬於小情小愛，好像世俗要求我們要把眼界放到很遠很高的地方。可是我會覺得，在這期間如果我把我所關注的事情，盡可能全面去完成它，那這樣子一個動機或是一個結果，難道就不能夠成為一個值得努力的，認為是不錯的一個結果？因為好像傳統會認為說，單講愛情是一個眼界不夠廣的東西，或者世俗希望我們可以去多關懷一些人群等等，甚至會想說那你在這個部分如果努力、用心去經營它的話，使它能夠成為一個值得讚頌的東西。

郭強生：

我很快回應一下這位同學的兩個問題，我自認為一直都是在寫小情小愛，重點就是小情小愛其實很難寫。我舉個例子來說，如果你有看過莒哈絲的《情人》那本小說，就會知道，你對自己的小情小愛，你用什麼方式去認識，這就是文學系最基本的，它之所以會成為文學的原因就是再簡單的事情，然後你認識它的方式，從你的文章可以看出來你不是依循著某一種模式，因為教育給你這樣子，因為傳統給你這樣子，所以你對於這件事的認識是如此。其實就算是寫小情小愛，你如何認定你自己的小情小愛，我們在文學裡看的是這樣的東西，你怎麼認定的，我們可以看得出來。如果你沒有你自己的認定的話，你寫再大的主題也沒有用。你有你自己的認定的話，再小的感情也是文學的。另外講到寫論文的話，當然可以理性和感性合而為一，重點不在於你的文字，而是你可以找到感性的題目去做。我覺得論文這個，又回到原來的問題，如果你又是按照別人的框架，一直用別人的理論，比如說很多研究生覺得我為什麼寫這個題目，因為它的資料很好找。那我就是不鼓勵這個，我說你去找一個對你自己來說重要的，那就是感性的成分，不是因為你覺得這個作家、這個作品的資料比較好找，或者這個題目現在比較熱門，那我就去寫。只要你找的那個題目是你自己發現的，你根本不管別人有沒有寫過，不管熱不熱門，那就是你從事一個研究最感性的部分。我自己在學術研究和創作或教學，一直覺得理性跟感性是絕對也要平衡的，絕對不可以一股腦地只是沉浸在自己的感性，或者理性裡頭。這是我自己一個經驗談，在這裡分享。

石曉楓：

剛才那個困惑是我引起的，我怕會引發誤導，所以也簡單講兩句。書恩提到的問題，其實因為我看過你的文字，我覺得你的問題倒不在於寫小情小愛，那個不是問題。我覺得問題在於你太耽溺於情感，一直耽溺裡頭因而出不來，我可能不得不直接一點講，我覺得你需要解決的問題在這裡。然後第二個部分我要澄清的是，並不是說理性跟感性就沒有辦法融合在一起，我剛才談的其實是臺灣學界的規範性，就是它要求學術論文一定要有一個標準的格式，比方前兩年我寫過一篇關於陳列散文的論文，但是我在投稿的時候得到兩極的評價，其中一個審查委員勾選極力推薦，另一個則是完全不推薦，當然這也是很常見的。那麼「極力推薦」的評審意見主要是說，我在論文裡引用了班雅明「漫遊者」的概念，審查委員嘉許我整篇論文的行文方式，也有如漫遊者般，呈現出精彩多層次的見解，就是他認為我的文章有一個內在的理序，我覺得他讀到我內在自成的理序，所以他很欣賞那篇論文。但是勾選「完全不推薦刊登」的委員，他就認為我這篇論文沒有邏輯，不合於學術規範，目前來看，臺灣學界也的確是有一個十分嚴格的學術論文規範。可是我在其他方式的寫作裡面，其實也曾經得到過一種快樂，就是當我在寫書評的時候，我覺得比較可以把我理性的分析跟感性的東西，自由地融合在一起，因為那是一個比較自由的東西，不是那種正規的、學術上的作品，所以我覺得這種理想的寫法和表達方式還是可能的。

張檸：

我覺得什麼感性的、理性的，這樣一種人為的把它分開來，我個人覺得這種分法，在我們寫作之中其實是不成立的，我覺得最理性的一種創作就是寫詩，我認為寫詩是非常理性的一個活動，那呈現出來的卻是非常形象和感性的，沒有哪一種思維比詩歌創作更理性了，它是用感性和想像方式表達人的最理性的一個方式。那麼我想肯定也是這樣的，如有兩種問題，一種是學術研究，學術研究就是學術，你的論文必須要有邏輯，寫得漂不漂亮不重要，關鍵在於你的結論是否正確，再有就是文學批評，那麼文學批評就是應該用比喻的方式來寫，我不用感性這個概念，為什麼要用比喻的方式？因為這個作品是從來沒有人評價過的，我們沒有一套現成的術語來說它，那我必須用比喻的方法來表達，因為文章寫出來，一定要是非常形象、感性的。但是它的邏輯性掩藏在背後，在這一點上來說，文學批評寫作跟詩歌寫作有相通的地方，所以你不妨打亂這種人為的感性、理性的分別。

第二個問題就是講到小情小愛這種寫法，我覺得對於文學創作而言，最重要的並不是你寫了什麼，而是你如何寫，小情小愛在你的小說裡面出現的時候，這個事情本身有沒有意義，不在於你這個小情小愛本身有沒有意義，而是你的小情小愛，在抵達的過程之中受到了什麼樣的阻力，你怎麼去克服這個阻力，抵達你的目標，這是一個問題。而一個作家要解決的是這樣一個問題，而不是你這個小情小愛或大情大愛有沒有意義。因為它是創作一個世界嘛，那麼現在這個小情小愛我要抵達，我要實現這個小情小愛，世界上許許多多的人，包括你的父母，你的爺爺奶奶，你的領導，都要攔住你不讓你實現，你現在實現了，衝過去了，你的需求抵達了，這才是你要解決的問題，所以不存在大小和有沒有意義的問題，而在於是否真正讓我讀了以後，說你太厲害了，我們這裡根本就沒有希望實現的東西，你實現它了，你創作了最偉大的一個世界，我覺得這才是最主要要解決的問題。

李掖平：

我也簡單回答一下這位同學提出的兩個問題。我覺得對於一個優秀的創作者來說，感性和理性在他寫作的時候應該是同時在場的。比如說歌德寫《浮士德》的時候，你能說他是在一味放縱自己感情的氾濫嗎？是的，他的激情幾乎是世界的每個角落都能抵達，那麼飽滿，那麼豐盈，那麼排山倒海，那麼具有暴雨般的決絕的力量。但是你能說《浮士德》是純感性的嗎？不能！因為從哲學意義上來說，這部詩劇是非常具有理性的。再比如說魯迅，魯迅被認為是二十世紀中國最有思想深度的一個作家，可是他所有的小說文本，他的一些被人當作是一種政治讀物的雜文，其實都是感性豐盈的。像是他在小說《孤獨者》裡形容五四時期一個覺醒者面對著自己遭遇到的最大的敵人，恰恰好是自己想要拯救的國人同胞的時候，魯迅寫他的哭聲「流下淚來了，接著就失聲，立刻又變成長嚎，像一匹受傷的狼，當深夜在曠野中嚎叫，慘傷裡夾雜著憤怒和悲哀」。一匹狼，而且是一匹受傷的狼，這個意象就非常感性，他讓我們從一匹野狼在半夜的憤怒嚎叫中，感覺到絕望孤獨甚至虛無。但這個意象又非常理性，它高度濃縮了五四一代個性意識覺醒了的前驅們，當發現自己想要拯救的同類反而首先成為了自己的敵人時那種深沉的悲哀。正是這種惘惘的威脅，讓魯迅筆下的這個意象在具有豐盈的感性內容的同時，又有深邃的理性的力量。

再比如張愛玲，她在〈茉莉香片〉這篇小說中用繡在屏風上的鳥來比喻被男權制度折磨而死的大家閨秀馮碧落，「繡鳥」這個意象本身特別生動也特別感性，但細究起來又有極為深刻的理性。一隻鳥本來有飛翔的功能，但繡到屏風上之後，它就由活物變成了死物。在這個由活物到死物的蛻變過程中，一個女性究竟是怎樣一步步被逼入無奈，乃至最終被剝奪了生命的？從這個角度上說，一隻鳥由活物變為死物的過程本身，就是既有感性又有理性的。而對於一個批評家來說，他的感性是建立在「因為懂得所以慈悲」的包容和懂得的基礎上的，也是建立在他對生活、人生和人性的細緻入微的觀察上的；而他的理性則是建立在他是怎樣懂得又如何慈悲的基礎上的。優秀的文學作品應該是能夠敞開「因為懂得，所以慈悲」的全部奧祕的。

第二個問題，我覺得對於一個寫作者來說，或者對於一個批評者來說，都不必過分計較自己是不是被誤讀，其實剛才主持人也給我們布置了一個話題就是關於文學的誤讀。從某種意義上來說，我個人以為，誤讀有的時候恰恰好證明了你的文本是有張力的，主題意蘊是有多元指向的，是可以從不同的角度進入、從不同的層面上解讀的，並且你的作品是可以不斷的隨著時代變革、人心變化和審美風習的變化而不斷增殖的。誤讀有可能會暫時遮蔽你所要抵達的那個目的的鮮明性，但是因為人們在誤讀過程中一次次地觸碰，反而會讓它內在的張力被無窮的打開。在這樣的情況下，我覺得，如果一個作品永遠都只能讀出一種主題意象，只能給人一種啟發和一個概念，那就很難說是成功的。否則我們怎麼理解有一萬個讀者就有一萬個哈姆雷特呢？同樣，《紅樓夢》對於張愛玲來說，永遠是「要一奉十」、無限豐富的瑰寶。我每次讀《紅樓夢》的時候，都不斷地獲得一些新的感悟和心得。當我把《金瓶梅》與《紅樓夢》進行比較時，得出的結論就是，相比《金瓶梅》所表達的更加現代的市井意識，《紅樓夢》不是前進了，而恰好是倒退了，它回到了文學的少女時代，純真的愛情時代，一個家族的簡單或者直接的隱喻時代。而《金瓶梅》則以更加多元的現代社會資訊和更加豐富繁榮的市井人性內容，呈現出與我們現代社會更為接近的一些文化意蘊。可能我在讀《紅樓夢》時，總愛引進《金瓶梅》來作為參照就是一種誤讀。但是恰好在這種誤讀中，讓我開始思量中國現代社會的萌芽期，與中國在十九世紀中葉被列強打破疆土的封閉之後帶來的半殖民地半封建社會的色彩相比，其實真的不敢說到底是前進了還是後退了。

還有，我認為文學寫什麼題材其實也是不重要的，重要的是「怎麼寫」和「為什麼寫」。當年，張愛玲就反駁傅雷對她的批評說，用文字建造時代的紀念碑的偉大事業她是做不了的，她只願意寫些平凡男女的小情小愛。張愛玲接著給出了她的理由，張愛玲說，人性在時代的裹挾下和大潮流面前，所表現出來的往往都是一些共性的東西；而只有在一日三餐、男女戀愛這些細節上，人性表現出來的才是鮮活的自我和真實的個性。從這個意義上說，文學的原創性就是一個創作者最終要達到的目標。那麼什麼叫原創性？原創性就是面對同樣一件事情，你寫出了別人沒有寫出的新模樣或者新姿態。這種個性的表達不在於題材的輕重或大小，而完完全全在於你如何駕馭這個題材，並且讓這種故事在敞開和完成情節構建的同時，也完成生命經驗和意義的總結，告訴讀者人生如此而已。

楊佳嫻：

大家都已經講這麼多了，書恩也是我認識的學生，我建議你可以去找一篇文章來看，楊絳寫過一篇〈藝術是克服困難〉，她其實是寫了一篇很長的，略帶一點文學批評意味的散文來講《紅樓夢》。她對藝術的定義很有趣，她說藝術是克服困難，並且以《紅樓夢》為例子來告訴你曹雪芹是怎麼克服困難。其實最難以克服的困難就是模式化，比如說要寫男女之間的感情，曹雪芹他不喜歡才子佳人小說長期形成的模式，這個模式會令作者怠惰。但是，按著模式寫比較輕鬆，也容易看上去有個樣子，讀者也容易買帳，這一點對於寫作者可能會產生誘惑。楊絳的觀點也許可以同時解決你兩個問題：怎麼樣寫得有感情，有光澤，可是又確實存在著屬於創作者自身的特性。

李志宏：

時間過得很快，這場座談從白天談到夕陽西下，並進入了黑夜。透過今天在座幾位老師的分享和現身說法，我想只有一個很重要的理念要傳達，那就是「只要世界還在，文學就在；只要人在，文學就永遠不會死亡。」希望大家都能夠透過今天這幾位非常知名的研究者及老師們的分享，帶領你們思考如何好好面對文學，不必再去問「我們為什麼需要文學」。從今天開始，我們應該要問自己的，是「如果我可以擁有文學」，我們能不能像在座這些老師一樣，成為一位很好的文學閱讀者以及感受者。今天非常感謝大家的參與，這場座談到此結束。

第 *4* 場

我正在讀一本書

時　間：2016年12月10日09:00-10:20

主持人：鄭怡庭

與談人：郜　筐、江　子、弋　舟

哲　貴、秀　赫、郝譽翔

（依發言順序）

鄭怡庭：

各位嘉賓，歡迎參加「兩岸文學對話」的第四場座談，主題是「我正在讀一本書」。我是主持人鄭怡庭，請到大陸的詩人郜筐、散文家江子，還有小說家弋舟、哲貴，以及來自臺灣的兩位作家秀赫和郝譽翔與談。我正在讀一本書，它可以是一個填充題，在書的前面加一個形容詞，正在讀什麼樣的書——我正在讀一本好書，我正在讀一本爛書，我正在讀一本翻譯的書，或是我正在讀一本我一直都在看的書，我正在讀一本影響我一輩子的書。當然，它也可以是一個現在進行式，我正在讀一本我即將出版但是我覺得不滿意的書。所以今天的第一個階段，我們就請各位作家談談「我現在正在讀的一本書」，那既然是社群時代，一個很重要的特色就是置入性行銷，所以也歡迎各位作家或者詩人談談，我正在讀一本我即將要出版的書。首先歡迎詩人郜筐。

郜筐：

今天對話的題目是「我正在讀一本書」，我想談談不同時期讀過的三本書對我的不同影響。第一本對我影響巨大的是《普希金詩選》。大約一九八五年，那時我還在讀中學，有一次我在鄉村集市的舊書攤上買到一本普希金的詩選，封面已經撕掉了，扉頁上用純藍墨水寫著

「劉全信」三個字。就是這本連封面都沒有的書完成了我的詩歌啟蒙，我用了大約一個學期的時間，抄了整整兩冊日記本。有些特別精彩的句子在當時都可以背下來，對其中一些詞語也覺得新鮮，像是「繆斯」啦、「豎琴」啦，可以說我之所以能寫詩寫到現在，這本書作用巨大。它對我好的影響是，從我開始寫作，就踏上了一條浪漫主義的大道，確立了一種真誠的寫作基調，沒跑偏；但副作用也特別要命，十九世紀俄羅斯文學的那種氣息就像一種慢性病毒，隱藏在我的身體和靈魂深處，讓我患上了浪漫主義的憂鬱病，以至於很長一段時間也不能根除，一不留心就會出來作怪。

大約十年以後，我讀到了狄金生的詩選。說起來艾蜜莉．狄金生這個人也夠奇怪，二十五歲就選擇了像自閉症患者一樣足不出戶，一生寫了一千七百多首詩，還有一千封信。寫了這麼多詩，生前卻很少發表，這麼多信也大多是寫給自己。她的詩好像帶著整個世界的清風雨露般撲面而來，一下子就滌盡了普希金詩歌對我的副作用殘留。二十世紀以來的一群詩人，誰敢說沒受她的影響？龐德不過是放大了她的意象，艾略特不過是放大了她的客觀性，佛羅斯特則繼承了她語言的清新和神祕，讓詩歌具有了銀子的質地和月亮的光芒。一千個人讀狄金生或許會有一千種理解，而我則是從她的詩中讀出了語言的辯證法。以〈一些東西在飛行〉為例：「一些東西在飛行——／鳥兒——時光——野蜂——／它們沒有悲歌哀鳴。／一些東西在安停——

／悲傷——山丘——永恆——／這並非我的使命。／靜默之物，升起。／我能否辨明天理？／多難解的謎！」在這首詩裡，狄金生巧妙地鋪設了語言的雙聲道，一左一右，一動一靜，將語言的感性和理性恰到好處地融合在一起。狄金生很大一部分詩歌都像這首詩一樣，她似乎擁有一套不可捉摸的語言轉換密碼，讀她的詩歌猶如劈開語言的雲雀，最終你會找到應和你內心的音樂和節奏。

不久以後，我又讀到了波特萊爾《巴黎的憂鬱》。可以說我從波特萊爾那裡學到了一種完全有別於整個文學世界的審美方法，那就是在審醜中審美。他在《巴黎的憂鬱》跋詩裡這樣寫到：「心中滿懷喜悅我登上了山岡／從那裡可以靜觀城市的廣大／醫院，妓院，煉獄，地獄和苦役場／那裡所有的罪惡都盛開如花。」這四句詩幾乎就可以概括波特萊爾的文學觀念和文學主張。他觀察世界的方式也很獨特，是在人群中思考，在遊走中張望，就像一位化名微服的王子，只有回到大眾中去，只有在深夜的街頭，在郊區的某個小酒館，混跡在密謀的波希米亞人和小商販中，他的心才能安定下來，才能看得更加真切。從《巴黎的憂鬱》開始，我用了十幾年的時間認真研讀波特萊爾的所有作品，以及對他的研究文章，並對十九世紀波特萊爾的巴黎和我所面對的當下中國社會現實進行比較和分析，最終找到了一種適合自己的詩歌言說方式。

鄭怡庭：

謝謝部筐的分享，其實他不只是正在讀一本書，而是持續的在讀三本書，一個是普希金的詩選，一個是艾蜜莉．狄金生的詩選，另外一個是波特萊爾的詩選。接下來有請江子跟我們談談他最近正在讀的一本書，他早年寫詩，現在寫散文。

江子：

雖然我是一個散文作者，但我可能更是一名瘋狂的小說讀者。我正在讀的一本書，或者說我認為比較棒、十分喜歡，想推薦給大家的作品，是葡萄牙作家若澤．薩拉馬戈寫的長篇小說《失明症漫記》（臺灣譯做《盲目》），這部小說於一九九五年出版，一九九八年，薩拉馬戈獲得諾貝爾文學獎，可以想像這部小說與作家獲獎之間的關聯。小說寫的是一座城市的一場盲流感。一個人走在路上，突然眼睛看不見了，他的眼睛充塞著一片白色。有人領著他回到家裡，結果領著他的人也看不見了。他去醫生那裡治病，結果醫生也失明了。失明就像瘟疫一樣，在這座城市蔓延。政府為了安全的需要，就把這些人關起來，派持槍的士兵進行管制。失明的人們分成了兩派，互相攻擊，資源重新分配，有了搶劫，殺戮，復仇。最後守衛的士兵也傳染了盲流感，整個世界都失明了。只有醫生的妻子是世界上唯一沒有失明的人。小說就圍繞醫生的妻子來寫，構築這部小說的倫理細節，講述這個國家、這個城市因失明症所改變的一切。

這部小說帶給我的震撼非常大，我認為它好的地方，有以下幾點，一是薩拉馬戈作為一個小說家的技術非常高超，比如說，他只用兩個標點符號，一個是逗號，一個是句號。大陸出版的時候，為了方便多增加了一個分號。這是我的閱讀史上所見到最低成本的書寫。薩拉馬戈就用這麼簡約的方式，來完成這部小說，這是它的偉大之處。這部小說的所有人物都沒有名字，被冠以醫生、醫生的妻子之類的稱呼，這使得整部小說就有了廣闊的指向性。還有，它意蘊深遠。它寫了一個現實中並不存在的世界，相當於把這個世界重新推倒，把所有人都設置為盲目者，再慢慢用文字重建一個新的世界，為這個新的世界設計細節、倫理、情感和節奏。他以神靈或者說是上帝的視角，來推演種種可能，這是一個非常艱難而偉大的工程，可是薩拉馬戈完成得多麼的好。他把整個世界或者說我們整個人類置於一個極其苦難的邊緣、絕望的邊緣，極其嚴肅地來探索一點一點獲救的可能性。從這個意義上來說，這本小說是一部探索人類命運、對人類提出警示的偉大作品。第三點就是它是一部氣質非凡的小說。它的文字那麼質樸，幾乎不用修辭，說的都是尋常話，可是它顯得多麼華麗。它寫的都是卑賤的人們，可是它的氣質是多麼的高貴。它書寫失明症傳染後的這個失去治理的世界，多麼污穢骯髒，到處都是便溺、死屍、垃圾，衛生狀況十分糟糕。按理它會讓人產生極度的不適，可是不僅沒有，反而喚起的感覺是十分愉悅。我跟朋友推薦的時候，我這麼說它：筆下雖然污穢不堪，可是讀來異香撲鼻。

這部小說給我的震撼非常之大，我願意把它推薦給朋友們。我本來想朗誦其中非常精彩的一段，來驗證我所陳述的諸多妙處，但考慮到時間寶貴，我還是臨時打消了這一念頭。我想把時間節省下來，給今天在座的我十分尊敬的幾位小說家。

鄭怡庭：

感謝江子，跟我們分享他正在讀的一本只有逗點跟句點的小說。接下來，我們請弋舟跟大家分享，他既是小說家也是編劇工作者。

弋舟：

今年是中國農曆的丙申年，我在年初的時候有一個寫作計畫，想寫一本小說集，名字就叫做《丙申故事集》，想在丙申年這一年之內完成。有這個想法，是因為我觀察到身邊的同行，作品結集的時候，有一個特點——小說集裡幾乎沒有新作，可能就是三、五年內的作品攢在一起，字數差不多了，就結本集子，而且所收錄的篇章，在不同的集子裡可能還會重複。我們再看西方的同行，他們出版小說集不是這種方式，比如《九故事》，比如《米格爾街》、《騎兵軍》等，每本集子的篇章都是固定的，而且一旦收到這本集子裡，就不會再交叉收到其他的集子裡。那麼，一旦提及這本集子，就無需再做說明，讀者對其會有一個固定的認識。《丙申故事集》我計畫寫十多萬字左右，這樣大致是夠成為一本書了。年初的時候，我的創作狀態非常有規律，有那麼一段時間，幾點起床，幾點睡覺，幾點鍛鍊身體，幾點寫作，按部就班，於是寫得很順暢。可這樣的狀態也就保持了兩三個月，之後大量的瑣事便開始來干擾，於是心裡開始焦慮。我個人覺得這個寫作計畫是件有意義的事情，既然取名《丙申故事集》，就只能在丙申年完成，否則這個計畫只能泡湯。本來想著春節前還有四十多天的餘裕，結果又來臺灣參與論壇。因此就跟出版機構溝通，原本計畫是十五萬字，不過現在覺得八萬字也行吧，退了一步。

今天我們論壇的題目是「我正在讀一本書」，其實對於這個題目，是不需要特別準備的，因為作為一個作家，時時刻刻都是在閱讀之中的，出門隨身都會帶著書，永遠是一個「正在閱讀」的狀態。這次來臺灣一個星期，我帶了米蘭．昆德拉的《小說的藝術》。這就更切題了，是本「正在讀的書」。對於我來講，這本書還是重讀。它非常適合旅行閱讀，隨時可以翻翻看。昆德拉我不知道在臺灣是什麼情況，在大陸，現在貌似已經是一位漸漸被冷遇的作家了。

但是像米蘭．昆德拉和馬奎斯這兩位，我想可能是對大陸作家有過比較重大影響的小說家。也許今天我們漸漸的把他判斷為一個即便不是二流的、至少也不再是那種一流的作家，但昆德拉對我的影響是一個實情。為什麼反覆讀這本書？相較於今天嚴肅文學的寫作語境，我覺得這是一本非常能夠給小說家打氣的書。昆德拉在這本書裡充滿了對小說藝術的高舉，裡面有很多次用了「偉大的小說藝術」這樣的說法。這樣的命名，對一個有志於寫小說的人，對我這樣一個從業者，有著提振信心的功效，尤其在這個嚴肅文學在境遇上被打了折扣的時代。這本小書隨便抽出來一句話都是一個非常漂亮的句子，關鍵在於，它還是一個小說藝術實踐者的洞見，它不是一本所謂的理論書籍，跟我們看到的文學批評家的書寫截然不同。昆德拉在題記裡也寫了，「我並不擅長理論，以下思考是作為實踐者而進行的」，那麼，我讀的時候也是以一個實踐者的心情，去看另一個實踐者怎麼高舉我們的所做之事，怎麼去賦予我們的實踐以「偉大」的意義。

鄭怡庭：

感謝弋舟分享的兩本書，一本是在書店買得到，米蘭．昆德拉的《小說的藝術》。另外一本是書店還買不到，尚未出版的《丙申故事集》。如果丙申年來不及，那就明年出一本《丁酉故事集》。接下來，我們請到哲貴，他也是一位小說家。

哲貴：

我目前所有的讀書都是為我兒子，他今年十周歲，讀五年級。我在家裡是負責接送小孩的奶爸，我家到小孩子讀書的地方，開車大概五分鐘。我每天早晨送他上學的路上，給他講個故事，講的是我們的傳統小說，還有西方的一些小說。我發現傳統的小說更適合講給小孩子，更吸引小孩子。我最早給他講的是《史記》，他最喜歡的是「刺客列傳」。之後，我給他講《聊齋》，在講《聊齋》的時候，我把自己的小說攙雜進去講給他聽，當我講到三分之一的時候，他就說這個肯定是你自己寫的，沒有《聊齋》好。小孩子很厲害，我寫的也是一個鬼怪故事，但是他一聽就聽出來，這個不是蒲松齡老師寫的，是哲貴老師寫的。

我最近在給他講的是《封神演義》，剛才三位作家朋友分享的書都是西方的，我想跟大家分享一本傳統小說，分享一下我在讀《封神演義》的感受，一個作家的感受。今天的主題是「我正在讀一本書」，它是一個很好講的話題，但也是一個很難講的話題，因為在座或者不在座的人，只要是喜歡書的人，大家都在讀書，但是同樣的一本書，比如說《聊齋》也好，《封神演義》也好，作為一個讀者，或者作為一個作家，在讀這本書的時候，你從哪一個角度來讀這本書？同樣一個情節，你跟別人有什麼不同的心得，有什麼不同的體會？你在讀的過程當中，對這個作者情節的安排領會到哪個程度？都是很不同的。

《封神演義》一共六百六十四萬字，在中國傳統小說裡也算是一本大書。我舉兩個例子，也是書裡兩個細節：第一個細節是在第二十二回，「西伯侯文王吐子」，講的是西伯侯姬昌從朝歌逃回西岐的過程當中，他第一百個兒子雷震子救了他，又背著他飛過五關之後，到了西岐地界的金雞嶺，雷震子回終南山覆師命，留下姬昌一個人往回走。

姬昌母親太姜是個很厲害的人，她會演先天之數，用金錢占課，知道兒子被紂王囚禁了七年已經回到故地，便派人去接。當姬昌到了小龍山，二兒子姬發率文武百官來了，大家見面很高興。姬昌騎著逍遙馬往回走，就在回宮的路上，想起大兒子伯邑考被妲己害死，突然心痛起來，大喊一聲「痛殺我也」，從馬上跌了下來。文武百官忙將他抱在懷裡灌湯，灌了幾口之後，忽然吐出一塊肉餅。這塊肉餅先是長出四足，接著長出兩耳，往西跑去。姬昌連吐三口，吐出三塊肉餅。書裡面說這「三隻兔兒走了」。這是一個細節，在這前面有一個細節是，姬昌的大兒子伯邑考，為了救他，到了朝歌被妲己和紂王打死，做成肉餅給他吃，到了二十二回，作者安排了這麼一個情節，讓這個吃了兒子的人把兒子吐出來。這是我要說的第一個細節。

第二個細節是在第五十六回，「子牙設計收九公」，是說土行孫跟鄧嬋玉同房的情節描寫。這個場景大約一千四百字，在《封神演義》所有的描寫裡邊，性愛描寫幾乎是沒有的，即使是紂王和妲己，也沒有性愛描寫，但是在這一千四百字裡面有性愛描寫。他描寫一個男人，碰到心愛的女人，這個女人又不同意跟他行男女之事，這個男人步步緊逼，層層推進，最後得逞。這一情節敘述得非常詳細，這在古典小說裡面很少有，即使是《聊齋》，描寫那麼多男歡女愛的小說裡邊也沒有啊。《封神演義》這一段描寫顯得突兀，與全書不符。書裡描寫土行孫進了洞房，因為是個侏儒，鄧嬋玉看不上他。他先是套近乎，講道理，說你爸爸已經把你許配給我了，接著就是威脅，說現在即使放你出去也沒用了，三軍將士都知道你已經跟我洞房，誰也不會相信你現在是清白之身。鄧嬋玉聽了之後就低下頭來，不吭聲。這個時候土行孫就衝上去抱她，把手伸到她衣服裡面，就是這個過程吧，把鄧嬋玉的內衣帶子都弄斷了，有很情色的描寫，如果大家有興致，可以去看一看第五十六回這一千四百來字。之後就是兩個人相持了一個時辰，大約兩個小時吧，相持不下。土行孫看來硬的不行，他就說那算了，既然這樣，我不強求，但你要保證你跟你父親匯報了之後，明天我們要行好事。鄧嬋玉見他這麼說，就說「此身已屬將軍，安有變卦之理。」土行孫說，那好吧，我扶你起來。土行孫扶她起來的時候，此時鄧嬋玉放鬆了戒備，一放鬆戒備，這個傢伙馬上兩隻手都伸進去，把她所有的衣服給脫掉了。完了之後鄧嬋玉就是「閉目不語言，嬌羞滿面」，任由土行孫寬衣解帶，成了好事。

左起：郜筐、江子、弋舟、鄭怡庭、哲貴、秀赫、郝譽翔。

我們現在回過頭去看，作者為什麼要安排這兩個情節？我先說第一個，情節就是姬昌兒子在第十九回被他吃掉。在第二十二回，當他回到故土的時候，要將兒子吐出來，因為西伯侯姬昌是個聖人，能知過去未來，而且《封神演義》講的是天道，西伯侯作為一個諸侯，要把商王朝幹掉，這個時候，他必須借用天道來解釋。西伯侯是個聖人，聖人怎麼可以把兒子吃掉呢？肯定不行，那怎麼辦？所以必須要有這麼一個情節，讓他將兒子吐出來，這一吐，這個聖人就立起來了。《封神演義》的作者是許仲琳，也有說作者另有他人，這個我們不管。作為一個作家，我覺得《封神演義》作者在設計這個情節的時候，是很巧妙的，他既讓一個聖人立起來，又讓他的起義找到了順應天道的理由。

我們再說土行孫這個人物。如果周文王是講天道，到了土行孫這裡，他就是人道。因為《封神演義》寫的是一個改朝換代的故事，把土行孫作為一個人放在這個環境裡面，在那個社會裡邊，是要起反叛作用的。他的所思所想所為，是一個正常人的所思所想所為，跟西伯侯姬昌是一個對照。西伯侯姬昌是一個聖人，土行孫就是一個人，一個跟我們一樣的平常人，他有七情六欲，碰到一個美麗的女孩子，心有所動，而且他會想盡一切辦法，達到他的目的。

《封神演義》是一本有很多問題的書，但是，它更是一本神奇的書，有很多有意思的人物和故事，值得我們細細閱讀和研究。從《封神演義》這本書裡，我學到了很多，對我的寫作有很大幫助。

秀赫：

剛好兩個禮拜後就要出版我的第二本小說，這段時間一直在從事後續的編務工作。所以這兩個月以來，我一直在看自己即將出版的這本書。我想就來說一些出版時會遇到的編務情況。

從更早以前說起好了，去年我出版了第一本小說，在這裡我的資歷是最淺的，出書一年才多一點點。從我覺得自己能夠寫故事開始，我就常常想我要寫什麼？我想到，我就來寫我覺得最珍貴的東西，就是在人的記憶中的那些東西。比如說哪個場景，是我想要把它保留下來的，那我就把這個場景寫到故事裡。我記得小學的時候常常搬家，念過好幾間小學，甚至到高中了也常搬家。其中有兩個地方是我最喜歡的，一個就是臺北市的伊通公園，我覺得那裡好漂亮，小時候走出家門，接著再走到便利商店吃東西，我就覺得好舒服。另一個地方就是臺南的大橋車站，那個地方我也很喜歡。我想要把我珍視的東西寫到小說裡，自然我會更珍視我寫的文字，我希望百分之百或是百分之一百二十傳達我想傳達的東西，可是這個時候就會遇到實際的編務情況。

我出第一本書的時候，其實出一本書，它是一個團隊合作，雖然整個內容是作家寫的，但是會涉及到編輯、封面、美術設計、行銷等等。原本我的第一本書很順利，之後就卡在封面。記得美術設計做好封面的時候，再三天就要進印刷廠，我必須在三天內，應該說兩天半的時間內校稿二十四萬字。我那時幾乎是不眠不休，好像連續兩天都是晚上三、四點才睡，就是看著自己小說的影印稿，沒想到這輩子第一本看到覺得很痛苦的書就是我自己的小說，是我第一本要出版的書。到了第三天我寫信向出版社反應，能不能再給我一天時間？然後出版社就打電話過來，說不行，你這個書啊，一定要這個時候出，不然後面每個月都要出好多書，如果你延後了，就要延到後年。我聽到時，心想天吶，我只要再耽擱一天，就要延到後年才能出版。我想出版社的考量是對的，出版過程即便有一方耽擱了，其他環節仍得盡快補上。一本書是一個團隊的合作，更有行銷上的考量。所以那時我就決定了，不管怎麼樣，都要把它弄完。

其實當我看到自己的書，做成數位樣，且就要出版的時候，我有一個感覺。我是倒數幾代的聯考考生，寫完考卷交出去了，會想知道閱卷老師看到你的作文有什麼想法，但你只是看到成績回來。至於到底寫得好不好，讀的人有沒有話想跟你講，卻是什麼意見也收不到。所以當我看到自己的小說，我投給了出版社，出版社又丟回來給我，彼此交換意見，其實滿感動的，等於說我終於有一份考卷，回到了我手上，還有機會再好好做一次。可是沒想到那次卻因為美術編輯的關係差點延後。

這幾天，我在處理我的第二本小說，但這本小說的情況也讓我有點擔心，封面至今還沒有出來。我想會不會過幾天又要開始熬夜校對？不過幸好這次字數比較少，只有十二萬字。寫作這本書的緣起，其實跟師大附近的一家投注站有關。每次我來學校上課，都會經過這家投注站，偶爾我會停下腳步買彩券，然後慢慢發現，好像逗留在彩券行的都是一些老先生，反而老太太、年輕人買了彩券就走。就只有老先生會留在那裡，甚至待整天很長的時間，後來我覺得，這好像可以寫成小說。所以當我有這個念頭要把這件事寫成小說之後，剛好那時有一個文學獎在徵文，可是距離比賽的截稿日期只剩下十二天，所以我那時候是在很趕的情況下，以將近十一、二天的時間把小說寫出來。大概六萬字，只能算是一個初稿，內容我覺得過於粗糙，有些語言，比如說哪個人物該說什麼話，我好像都混淆了。投稿出去後，沒想到竟獲得評審肯定，其中一位評審就是身旁的郝譽翔老師。現在這份書稿要出版了，今天剛好又遇見她，真的很巧也很感謝郝老師。

因此這幾天可以說我一直在讀自己的書，但其實已經不止看過一次兩次了，甚至可能七、八次了吧。每次想到哪邊要修改，我都會再拿出來看。我不知道有什麼書可以讓自己讀到七次八次，但也許並非每位作者都會把自己的作品看很多次，有的人可能投稿出去就都OK了。可能我比較沒有經驗，我是那種會一直看、一直看，覺得哪裡不好，哪裡可以再好。可能跟我是摩羯座有關，覺得事情沒有做好就交出去，太對不起社會大眾，好像覺得做什麼事都一定要對得起讀者，才叫出版。這本書叫《老人革命》，講的是五位老先生平日聚集在投注站，沒想到投注站卻要被拆除了，他們站出來，保衛這家投注站的故事。

郝譽翔：

剛聽開始的幾位作家看的書，我越聽越心虛。直到聽哲貴說，他現在讀書都是為了兒子，我才鬆了一口氣，因為我現在讀書也都是為了我的女兒，但是因為我的女兒才六歲，所以我讀的書非常幼稚，沒有《聊齋誌異》，也沒有《封神演義》。這幾年，我一直花很多的時間在讀我女兒這部大書，就是通過一個六歲小孩的眼睛，重新去閱讀這個世界，並且有一些新的發現。其實我這幾天也在校對我的一本新書，不過我這本新書的讀者可能並不在現場，因為這本新書寫的是我帶著女兒到處去旅行的親子教養故事，所以我預設的讀者其實是一群平凡的媽媽，不是在座的文青和專業人士，所以大家應該對我這本書不會有太大的興趣，這本好玩的書，算是我自己個人寫作的意外收穫和插曲吧。

如果說要談正在讀的一本書的話，其實我腦海中浮現的是我正在讀的好多本書，那我也發覺，這幾年我的閱讀習慣開始有了一些轉變，可能是因為忙碌，也有可能是到了某種年紀，閱讀的興趣是有一些不自覺中的轉換，所以我書桌上，大概都是同時攤了好幾本書，但每一本都沒有讀完。有鮑勃．狄倫的自傳《搖滾記》，有東山彰良，他是臺籍日本作家，他的小說《流》，然後還有石黑一雄的新作《被埋葬的記憶》。另外還有一些是和文學一點關係都沒有的，像是《人類大歷史》，從野獸到扮演上帝，這是一本社會人類學的書，然後還有《地圖的歷史》，這個我看了導論和第一章，就是在討論地圖，是關於地圖學的書。那還有一個跟我女兒有關，她現在開始有一些同儕霸凌的問題產生，所以我對這個現象也很感興趣，我現在正在讀一本書，就是《為什麼她們都不跟我玩》，是一本討論女性霸凌的書，應該是心理學方面，所以我發現我現在是一個比較雜食性的閱讀者。就是我讀的書現在已經不僅僅是文學了，還包含了歷史、社會學、心理學。

近年來，我在寫一個應該算是研究性的著作，是討論五四、二三〇年代的文人和城市之間的關係，跟北京、上海這兩個城市之間的關係，因此我也讀了很多城市史的書，比如說《世紀末的維也納》，這個我基本讀過好幾次，因為和我研究的課題有關聯。還有像北京、上海的地圖，歷史地圖，這也是我讀得津津有味的。所以我發覺在我人生的習慣當中，我開始對一些純粹的、虛構的、抽象的，只是個人技藝展演的，或者是一些純粹抒情的東西，漸漸有點不耐煩起來了。在我現在想來是有點反諷的，因為在我內心深處，是把我自己定義成一個小說家的，雖然我好像有很多身分，我也寫研究論文，寫散文，我還是一個媽媽，但是我的內心深處，我覺得靈魂深處應該還是偏向小說，可是現在我竟開始對小說這個文類感覺到有一點點不耐煩起來了。

假如這本書沒有辦法給我一些啟發，或者是對人事物沒有辦法給我一些更深的理解，我就會開始對它失去耐性。所以這也是我這些年對於小說這個文類的一個反應，就小說這個文類，是不是在某種程度上來說，它也已經到了一個困境？我不知道，或許這只是我個人的理解，總而言之，這就是我現在的一個閱讀情況，我發覺在不同的年紀，就會有不同的閱讀需求。在我二十幾歲能夠感動我的東西，或者是被我視為圭臬的簡單的東西，到了這個年紀就不一定再繼續有效了。那我們不知道這是一種進步，還是一種退步。總而言之，我覺得這個時代在不斷地變化當中，關於閱讀，我想也在產生一個很劇烈的變化，那因為我在大學裡面教書，跟二十歲左右的年輕人，一直有持續的互動，從他們身上大概也觀察到，比如說小說這個文類其實也在產生劇烈的變化。所以我讀的一本書，它或許會有更多更多的可能性，在未來可以發生。

鄭怡庭：

謝謝六位作家，基本上都回應了他們的書單，或者他的書包，讓我們看到他桌上擺的東西，書包裡面有哪些書。第一輪的問題，其實說簡單一點，昨天晚上稍微套好了，但是第二輪就沒那麼簡單，所以你們根本想不到我在第二輪要問什麼。整個活動進入到第二天，這場對話也是倒數的第二場，所以我想用滾雪球的方式，把前面第一天的三個主題跟今天這個主題聯繫在一起。如果一開始說我正在讀一本書，是一個填空題的話，那麼這個問題就更大了。什麼意思呢？第一個社群時代的閱讀，如何影響我正在閱讀的書，比方說網路的興起，電子書的改進；第二個問題，我是女生，如何影響我正在讀的書；第三個問題是有關身分的轉換，身為作者，跟身為讀者，怎麼樣影響？身為詩人、散文家或者是學者，怎麼樣去影響我正在讀的一本書？我希望在座的各位能夠用兩分鐘來做回應。如果要回答我是女生，該由郝譽翔開始。我是女生如何影響我正在讀的一本書，或者我是一位母親如何影響我正在讀的一本書。

郝譽翔：

我覺得我是女生這個題目，對於此刻的我而言，也就等同於我是媽媽。我都在看女兒的書，就是親子教養的書。然後，我的小孩是女兒，所以我對於一些女性心理的書很感興趣，比如說我前陣子在讀一本聯合文學出版的書《依戀障礙》。我想哲貴是個很認真的爸爸，但是我不知道那個投入的程度，跟孩子分開以後會有區別嗎？就我來講，媽媽就是二十四小時，跟小孩子在一起的。看著小孩成長，我覺得自己好像重新過了一遍童年一樣，也重新審視自己童年的經驗，所以我就會看一些心理學的書，比如《依戀障礙》，是一個日本心理學家寫的，我覺得滿有意思的，而且在看這些的同時，我也重新反省我自己。在教養經驗中有著什麼樣的匱乏，導致了現在的我的模樣。

郘箮：

我從普希金那裡獲得了一種抒情態度，從波特萊爾那裡獲得了一種尋找美的辦法，在狄金生那裡找到一種抒情的節奏。如果說前二十年我的閱讀離詩歌更近一些的話，最近這十年看得更多的是一些雜書。譬如這十年我持續讀的兩本書，第一本是《黑夜史》，還有一本是《中世紀的城市》，這本書是二〇〇九年和阿來老師一起去新疆遊歷的時候買的。因為我的主業是個法治調查記者，作為一名新聞界的從業者，正義的秉持和真相的追尋永遠是第一位的。我更關心的是生活的背後發生了什麼，這個世界的背後發生了什麼，我總是對黑夜和世界未知的那一部分更感興趣，對淚水後面和心靈深處隱藏的東西更感興趣。當我作為一個記者去面對形形色色的人的時候，我除了保持我應有的理性和冷靜，我的內心還會保有著詩人的柔軟。而當我作為一個詩人面對這個世界的時候，我的內心也從不會丟失一個法治記者的理性和冷峻。我一直固執地認為，在這個時代，好的詩歌猶如厚厚冰層下依然向前湧動的那股暖流，而好的詩人需要擁有一顆既柔軟又冷酷的心。

江子：

談到社群時代對我的閱讀造成了哪些影響，一方面，我的閱讀有十分理性的一面，我會因為我要寫作一本新書而閱讀，比如我剛剛完成了一本關於景德鎮的書，叫做《景德鎮：青花帝國》。在這本書中，景德鎮是一座皇帝、使者、畫師、傳教士、工匠、督陶官、詩人等團聚的古老藝術城市。為了寫這樣一本書，我大概讀了一百本書。我要把許多中國人和外國人書寫中國歷史的書都讀過，要讀那些與景德鎮瓷器有關的朝代和皇帝的歷史，因為法國傳教士在景德鎮瓷器文化的傳播上起了了不起的作用，我就要讀外國傳教士在中國的歷史，瞭解他們怎麼進入中國，怎麼在中國傳教，要經過怎麼樣的培訓，然後才能進入。怎麼樣的一點點的分工，有什麼樣的任務，這些我都要去瞭解。這種閱讀是非常非常辛苦的，但是妙不可言，沿著這樣一朵青花，我找到了自己的閱讀方向，有了自己的閱讀收穫。以寫作的名義來對自己的閱讀提出要求，這是非常有意思的事。

另一方面，我會在我的社群、我的朋友圈，通過微信、微博非常密切地關注那些遠遠比我優秀的朋友的閱讀和寫作。跟他們在一塊的時候，我會特別去關注他們在看什麼書，他們會影響我的閱讀趣味。我會關注他們的創作，會去與他們一起分享。比如前段時間弋舟在《收穫》發表了一篇小說叫〈隨園〉，這是非常優秀的小說，它有四個時間維度，通過微信，我與弋舟談了我的閱讀感受，並且立即得到了他的回應。我還會寫下我讀了一些作品的感受，比如說大陸一位作家石一楓，他的幾本小說，像是《世間已無陳金芳》，還有《地球之眼》，我讀後會在微信中寫下我的閱讀體驗，相信許多朋友在微信裡看到我的閱讀分享，會去找這些小說來讀。我覺得這就是社群時代給我們帶來更多便利。社群時代會影響我們的閱讀，這是毫無疑問的。

弋舟：

作為一個小說家，卻倦於小說的閱讀，這可能是成為小說家之後需要面對的情境。我相信在座寫小說的人，今天好像也沒有人說我只讀小說，或者因為我是小說家，我就只讀小說——也不好意思跟人這麼說，這麼說貌似顯得自己不夠高大上，不夠淵博，當然，那確實也不是一個事實。我們閱讀的構成比例，小說在裡面頂多占了三成。但為什麼我們小說家會宣揚對小說閱讀的厭倦？我們都不愛看了，憑什麼讓讀者愛看？一部小說不發現未知的存在，不探索新的疑問，那它就是「不道德的小說」。這也是昆德拉在《小說的藝術》這本書裡的觀點。今天如果我們真的產生了對於小說閱讀的厭倦，我想，可能就是我們「小說道德」能力的下降使然吧。成為一個作家之後，那種對於世界、對於存在的好奇之心在渙散，自己被另外的貌似更「體面」的閱讀方向誘騙而去，既寫不出「有道德的小說」，也讀不懂「有道德的小說」，然後我們會說，小說這個東西，沒意思。

提到社群時代對我們閱讀的影響，剛才大家說的可能多是一些正面的影響，它能讓我們迅速的捕捉到資訊，迅速和喜歡的作家建立溝通，但是在這個社群時代，也有一個基本的事實——我們覺得大家對嚴肅文學在喪失信心，從業者也對所從之業喪失榮譽感，這是社群時代對我們造成的影響。在這樣的時候，我們為什麼還需要小說？對於這個問題的回答依然是迫切的事情。在這樣的時代，起碼我必須給自己打氣，一遍一遍地讓自己確信：小說是偉大的，是不可替代的，如果有一天它變得渺小，變得不那麼偉大，不是它本身有問題，可能是我們這些小說家有問題了。

哲貴：

剛才幾位老師的解讀我都同意，還有兩位老師沒有解讀，我也先表示同意。從我的角度來看，社群時代是不是也可以叫網絡時代？我覺得網絡時代對我個體來說，給我開了無數扇門，但是我只能走其中一條路。如果從正面角度來說影響到我，那就是讓我更及時、更清楚地看到我的缺點和優點，更堅定自己能夠走哪一條路，也只能夠走哪條路。我覺得作為一個讀者應該是這樣，作為一個作家，更應該是這樣的。

我生活在浙江的溫州，是個很小的地方，海洋面積跟陸地面積加起來只有二萬二千平方公里，但再小的地方也有地方文化，溫州的文化基本上以宋文化為主，尤其以南宋文化為主。當你過了四十歲的時候，你就會很明顯的感受到那個生你養你的地方文化的厲害，它已經滲透到你的血液裡面，包括滲透到你的精神領域，你所做的任何一件事情，包括你看待世界的角度，對待世界的態度，都會有形無形地受到那個文化的影響。

但是作為一個作家，如果僅僅是被那個地域的文化滋養和束縛住，他肯定就是一個小作家，就是一個溫州的作家，就是一個浙江的作家，我估計所有的作家都不會願意變成一個有這樣那樣局限的作家，最少得是一個大中國的作家啊。那麼這個時候，作為一個地域作家，比如說我生活在溫州，阿來老師生活在四川，在社群時代，地域的局限某種程度上已經被打破了，網路給我們開了無數扇門，讓我們更有效地認清自己的優點和缺點，讓我們尋找到更清楚的定位，將優點發揮出來。這個時候，我覺得，作為一個華語作家，肯定要找到我們的文化源頭，有效地吸收源頭文化。將源頭文化跟地域文化有效結合，讓地域文化成為我們看待和描寫世界的一個角度和支點，背後就是我們的中華文化。

這就是我剛才說的，網路社群時代給我開了無數扇門但是我能夠走的只有一條路的道理，而且我覺得一個有理想有抱負的作家，在這方面肯定會有更深入的思考跟實踐。

秀赫：

我可能從我的經歷來看吧，就像我剛才說的，一年前我還不是一位寫作者，我其實更像是位讀者，我就從讀者的角度來談數位和網路的發展對寫作的影響。其實這都從網路購物開始，也確實帶來極大的改變。比如說，現在臺灣很多實體書店一家家關掉，政府會想去推動一些政策，把書店打造成一個不可磨滅、不可抹殺掉的地方，所以會出現不少關於「書店風景」這類的影像作品。雖然大家現在想要保留這一家家的書店，覺得每個地方若能有間書店，才能建立比較好的閱讀風氣，或者文化傳承等等。但我覺得，我曾經看到一位偏鄉書店的老闆，他提出了一個滿好的見解，就是在網路購物出現之前，偏遠地區的小朋友，他沒有機會看到很多作家的書，或者說，消息是斷絕的，他們可能要到縣城或者比較熱鬧的地方才能看到一些書。但是在網路時代，偏遠地區的孩子只要上網連結到一家網路書店，就可以從網路購書，把書送到家裡。我覺得網路書店就這一點而言，還是照顧到很多人的，做到過去的書店做不到的事。所以，也許網路會讓我們的閱讀習慣改變，甚至減少對文學作品的閱讀，但是從另一個方面來講，它也有它值得肯定的地方。我只要想到有一臺電腦、一隻手機，有一位偏鄉的小朋友在網路下單買書，然後就有快遞員千里迢迢的把我的一本書從大城市送到這位小朋友手裡，就覺得我們生在這個時代的方便，有它良善的地方。

鄭怡庭：

謝謝六位作家跟我們分享這麼多的書。因為時間的關係，沒有辦法開放給在座的各位問問題。如果真的有問題的話，可以在私底下跟這些作家交流。謝謝大家。

第 5 場

文學的跨界演出：漫畫、影視、兒童文學

時　間：2016年12月10日10:40-12:00

主持人：張　檸

與談人：徐國能、林婉瑜、霍　艷

阿　乙、葛　競、王小王

（依發言順序）

張檸：

各位同學、老師和朋友們，大家好。我們這一場要討論的是「文學的跨界演出」，也就是文學跟其他藝術門類之間的關係。不同門類的藝術，有其共同的特點，也有差異。它們的差異就是，創造世界所使用的材料不同，有的用色彩線條，有的用音符，有的用石頭或者金屬，有的用影像。文學就是使用語言做材料的藝術。這是一個最基本的藝術形式，它跟其他的藝術門類之間在表達手法上有沒有相通性？今天在座的幾位作家，他們就是橫跨文字和其他媒介，在文字和其他媒介之間來回穿梭的一批青年才俊，所以我們要來聽聽他們的表達。前面四場對話，每一次都是大陸作家先發言，因此今天我要請臺灣的作家先發言，首先有請徐國能先生。

徐國能：

在座幾位都是寫作或是研究出身的來賓，那我想談談幾個不同領域的關係。談到跨界的話，以我自己的寫作經驗來講，年輕的時候懵懵懂懂，想寫也不知道自己要寫什麼，也不知道自己能寫什麼，所以每一種文類大概都嘗試一下，也都試過一下。一開始是想寫詩，覺得詩是最接近文學。那時候寫詩寫到一個程度，覺得好像詩不足以表達內在的一些東西，也想嘗試寫小說，但是覺得自己的耐性跟對人事物的觀察還沒有那麼深刻，寫出來的小說自己都不能滿意。後來就開始寫散文，我發現散文跟自己的個性，跟自己的脾氣是最符合、最接近的，所以，就開始在散文上有一點自己的想法，自己的創造。

我覺得人生的變化是挺多的，到了一定年紀，有了自己的家庭，有了自己的小孩以後，我發現在小孩的成長過程中，詩、散文對幼齡的兒童來說，好像沒有辦法讓他深刻地感受到一種文字的喜悅，反而在小孩的世界，我發現故事的那一部分最動人、最吸引人。而且有的時候你跟他講道理講不通，但是你把道理放在一個故事中去說服他，跟他說一個心靈感受的時候，我發現那其實是一個最好的方法。所以我也在這樣的一種情況底下，開始做了一些很膚淺的兒童文學的創作跟練習。在文學寫作的過程中，我自己就感到了一些比較特別的問題。我發現在臺灣，兒童文學這塊也是有一些非常優秀跟傑出的作者，但是總覺得臺灣文學裡的兒童文學這一部分，其實是一直不太能夠受到祝福，也不太能夠受到重視，沒有人專門深入這一塊領域去研究。而且整個臺灣兒童文學，所謂的出版業也好，然後獲獎也好，習教也好，我發現這個話語權早期的時候完全是受到西方兒童文學的影響；這幾年大概大量的引進了很多大陸方面的兒童文學作家和作品，有些獎項也有大陸作者得獎，這影響都是很巨大的。

還記得孩子還小的時候，讀過一個繪本，我不知道你們看過沒有，是大陸作家余麗瓊、朱成梁的《團圓》，故事是講一個小女孩兒，她爸爸在一個很遠很遠的城市裡工作，一年只回家三天，一回來小孩都不認識他了，然後等過完年，父女倆好不容易彼此熟悉了，可是爸爸又要離開。這在臺灣來講是不太能夠想像的經驗，但是我想在中國大陸這邊的話，大概可能是很真實的一個狀況。所以，我就在想，我們能不能去寫出一些比較符合臺灣當下情景的兒童文學創作？因此自己也做了一些很淺薄的努力。

我覺得文學創作這個東西，它是隨著我們人生不同的階段，一些不同的人生際遇，所要不斷去挑戰的一個東西。年輕的時候學的是以嚮往一顆很遙遠的心，嚮往一個很遙遠的世界，所以總是想要像那個鮑勃迪倫一樣，How many roads must a man walk down, Before they call him a man.在稱他為男人之前，他要走過多少的路？所以我們總是很希望自己，比如說留著長髮，抱著一把吉他，騎著一臺破摩托車，能夠去環遊世界的一個年輕人的形象。等他開始走到學院裡面，每天環繞在書堆當中，有這麼多的知識，這麼豐富的學術性的東西包圍著他，不知不覺的把我們自己對學術、對文字、對生命的一些體會，用散文表述出來。

到了有了家庭這個階段，你覺得你需要講好的故事，你需要講動人的故事，你需要把你的感情，把你內心很深的愛意，用你的趣味、溫暖的意思表達出來。可是，有趣的事情是，就文學的寫作來講，我發現在我嘗試過的各種文類裡面，我認為兒童文學往往是最困難的。兒童文學不管是童詩、故事，或是兒童戲劇，它都面臨著一個非常非常難的問題。第一就是孩子的天真，我們都曾是兒童，但現在不是了。可是寫作時我需要回到兒童的純真，跟回到兒童的嬉戲中，去回答孩子的問題，這是一個最困難的自我挑戰。第二個就是，我發現兒童文學裡面還有很妙的地方，我們雖然是寫給孩子看，但是所有的兒童文學都是先經過父母、經過老師去幫他做篩選。所以有些孩子非常喜歡讀故事，但他的爸爸覺得不喜歡，覺得這樣不好；他的老師覺得這樣不夠，所以你也必須理解大人世界的價值觀。

因此兒童文學的寫作，要能夠滿足大人的想像，也要能貼近孩子的心靈，讓自己回到還沒有被成人世界污染的純潔狀態，那真的是非常困難。所以我到現在還在持續的摸索，還在持續的尋找，怎麼樣可以找到這兩者之間的一個平衡點，這是我覺得在文學裡面最困難的地方。同時我也覺得，其實兒童文學不應該只是在一個書寫的層面，所有的兒童文學都需要跟繪畫結合，有時候我們寫出來，要找到適當的畫家來配上插圖，那是非常困難的。有的時候一個好的故事，你要怎樣把它轉變成是一個可以搬上舞臺，可以翻譯成戲劇的東西，我覺得這也是一個很大的挑戰。所以我覺得我們臺灣兒童文學的寫作需要趕快發展起來，我覺得還有很多需要努力的地方，還有很多需要學習的地方。我早年學習很多大陸的作家，像沈石溪，專門寫動物故事，還有很多繪本，所以我覺得怎麼樣能夠結合我們現在的環境、生活以及教育的模式，寫出既能夠讓大人會心一笑，同時也能讓小孩子覺得在其中得到快樂溫暖的作品，這是我們未來在這部分寫作要繼續努力的地方。

張檸：

徐國能先生講得非常好，他跟我們分享了自己創作的變化歷程。他認為，兒童文學的語言，應該最接近詩的語言。但又不是真正的兒童語言，是經過作家加工過的純淨語言。在幼稚園裡，兒童們可以畫畫、唱歌、跳舞，但不可以叫他們去寫詩歌、寫小說。因為語言的使用不像色彩、線條的使用；語言的使用需要訓練。使用語言的要求很高，語言既是我們每天都在使用的，同時又是一個歷史文化遺產。要使它回歸到最純淨的語言本身，就必須清楚歷史的重負。如果使用這種純淨語言去書寫，在這一點上我們覺得是非常相通的。下面請林婉瑜女士。

林婉瑜：

我今天要談的是流行音樂的歌詞。我是在寫詩二十年之後，才開始發表流行音樂歌詞，之前曾經出版三部詩集，一是《剛剛發生的事》，一是《可能的花蜜》，最近一本是《那些閃電指向你》，明年（二〇一七）將會出版新的詩集《愛的二十四則運算》。今年二〇一六年，我發表的流行音樂歌詞裡，有兩首我想特別說一說，一首是范瑋琪演唱的〈大風吹〉，這是講親子之間感情的歌；另外一首是最近剛剛發布，滾石唱片一位女歌手孫盛希演唱的〈迷些路〉，孫盛希是一個非常年輕的女歌手，曾經入圍二〇一五年「第二十六屆金曲獎最佳新人」，〈迷些路〉收錄在她的第二張專輯《BETWEEN》裡面，歌詞是「迷路」的意思，我刻意寫「迷些路」，迷了一些路。

〈迷些路〉其實是從我的一首詩的意念延伸而來，我先讀這首詩，這首詩用人和人相遇離散、交錯離開的意念去寫，叫做〈這個下午和你一起〉：

我的身世藏在背後
像一塊影子
有時顯現
然而那些滄桑
並不值得在意
我走過很多崎嶇的轉折
才來到這裡
這個下午
和你一起

我的眼淚乾涸
成為一道
隱形的痕跡
而那些苦痛
並不值得在意
我通過無數迷宮的死角
才來到這裡
這個下午
和你一起

赭黃的下午
熱帶橙的下午
珊瑚紅的下午
亞麻色的下午

時間讓我的心臟長出皺紋
我們彼此依靠的身形
長出了薄薄的影子

〈迷些路〉歌詞的意念就是從這首詩延伸過來的，而它也是一首男女對唱的歌，和孫盛希對唱的這個男歌手，近年也受到很大的注意，是曾入圍二〇一六年「第二十七屆金曲獎最佳男歌手」的一位原住民歌手，叫Matzka，他是臺灣排灣族原住民。我先讀一部分歌詞：

天　藍色天　覆蓋著遠方的房屋
我　在尋找　在城市曲折中迷了路
時間河流每個日子　想念　你的溫度
往後消失的腳步　往前展開的地圖
無止盡　無邊際　無退路
想像你在我眼前　所有可能的快樂
那幻想　那期待　那願望　太清楚
走過那麼多路口　也曾迷惑　懷疑　手中　這地圖

朝著你的方向　陷入迷宮　追逐　疲憊　放逐

雨　落下來　把昨日傷口變成霧
愛　你的愛　讓傷心的人不再哭
海市蜃樓人來人往　我要　真的幸福
放在心頭的溫暖　留在胸口的溫度
多真實　多寬容　多專屬
昨天錯過的岔路　今天犯下的錯誤
那存在　那美麗　那清醒　太殘酷

這尋找你的路途　儘管　辛苦　痛苦　還要　迷些路
你是我的終點　從此不再孤獨　終於　幸福

〈大風吹〉和〈迷些路〉這兩首歌，現在網路上都已經找得到官方正式版MV。寫詩到現在大約已二十年，一開始寫歌詞不太習慣，因為寫詩非常自由、沒有限制，文字的布置、標點符號、詩的形貌、詩的意向，完全操縱在詩人自己；進入到寫歌詞的時候，會感覺一首歌的完成是由很多方面去構成的，比如作詞人、作曲者、編曲者、歌手、製作人，都會幫這首歌加入一些獨特的元素。另外，歌手可不可以唱出這個詞，如果有幾句詞不好唱、唱出來記憶點不夠，或者，和唱片公司預設的歌手氣質距離太遠的時候，必須去修改、去變動文字。寫詩的時候，詩的目的就是文字的本身，詩人覺得完成了，就是完成了；當文字進入流行音樂以後，不能只為了文字本身，「讓歌曲流行、傳唱度廣」，有時必須為了這樣的目的，或者，為了讓文字和音樂旋律更加貼合，而去做一些調整。一開始寫歌詞的時候，我大概花了三、四個月的時間去適應這樣的氛圍。

張檸：

謝謝林婉瑜，她介紹了臺灣流行歌曲的一些情況，並讓我們重新注意到流行歌曲與詩的關係。特別是今年諾貝爾文學獎頒給了流行歌手鮑勃．狄倫，詩與歌的分離或合流，又重新成為一個話題。接下來是大陸來的作家霍豔小姐發言。

霍豔：

本場的題目「文學的跨界演出」，它預示著文學生產方式的一種轉變，無論是漫畫、流行音樂、電影還是動畫，這些文化生產方式儘管不同，所呈現的形式不同，但其中的文學要素是相通的，也就是說它們打動人心的那點，都是由文學而來。

就我自己個人背景來看，我本科畢業於北京電影學院文學系，以前的同學們如今已是各個影業的中堅力量，只有我放棄了影視這條道路，是班裡獨特的個案。我當時放棄的原因很簡單，因為影視是一個需要多人協作來共同完成的行業，當它中間的一個環節出現問題時，就無法繼續。但我更喜歡一個人能掌控的創作方式，不喜歡輕易被打斷，所以寫作更適合我。現在大部分情況是作家轉行當編劇，我是從一個編劇轉向作家，更進而轉向一個文學研究者，是一個逆向的個案。所以我猜想別人會去談文學文本是如何轉化成影視，包括現在瘋狂的IP熱，但我想談的是影視文化如何對我們的寫作產生影響。

以前我們看見什麼，這個世界就是什麼。但因為媒介的出現，我們看見的東西是經過媒介作為中間物篩選出來的，就是媒介想呈現給我們什麼，我們看見的就是什麼。媒介發展因此影響了我們觀看事物的角度。比如我眼前是多姿多彩的校園，不會對某一種顏色有特別的關注。可我們看日本電影、臺灣青春電影，會發現導演對某一種顏色有特別的呈現，尤其是對藍色、綠色有一種特別的偏愛，為影片奠定了一個青春基調。所以當我們在現實中觀看事物時，也會對某一種顏色特別的敏感。

左起：徐國能、林婉瑜、霍艷、張檸、阿乙、葛競、王小王。

反映在作品裡，年輕作者會大量運用顏色的詞語，用藍色和綠色來渲染一種氛圍。我舉例一段關於藍色的描寫：

藍天藍色，藍天灰藍色。

落日下挽弓的獵人藍色。弓箭藍色。

大海裡沉浮的泡沫藍色。大海藍色。

一切回歸藍色。通通藍色。

這幾句話全部圍繞藍色，但我們並不知道他要寫什麼，他只不過要突出一切東西都是藍色的。這時，我們就需要對這種觀察角度有所反思。

每個年輕人心中都有一個經典名錄。閱讀的經典可能各不相同，但如果總結一代人的電影經典，會發現有大量的雷同。尤其大陸的八〇後，包括臺灣的六、七年級生，可能都看過大量的文藝片，以及經典好萊塢電影。那影像帶給我們的是什麼呢？首先是一種我們沒有的生活經驗，這種生活經驗不屬於我們，卻可以被我們所複製。我們這代人現實生活很單調，就是從家到學校，兩點一線、千篇一律。但岩井俊二的電影，會讓我們知道什麼是殘酷青春，影像呈現出一種切膚痛感，我們把這種感覺融入在自己作品裡，哪怕並沒有親身經歷殘酷事件，卻有一種對殘酷的想像。再比如電影《這個殺手不太冷》（臺譯《終極追殺令》），它給我們帶來一種老男人與小女孩結伴勇闖天涯的模式，於是有的年輕作家就把這種模式直接照搬成小說。所以電影對文學最淺的一個影響，就是它可以提供給我們一種生活方式的借鑒，它讓我們直接把電影情節、模式改編成小說。

這是表層的影響，更深層次的影響是影像思維對於我們看待世界方式的轉變。年輕一代看待世界缺乏全景意識，喜歡局部的特寫，通過對細節的描摹，來渲染一種情感，試圖通過這種情感來抵達人物的內心世界，因為細節相對於全域可以更好被掌握和把控。

比如說我們現在看一個人的時候，注意的不是一個人的整體，而是一個人的細節。舉例一段細節描寫：「穿一個白色襯衫，外面套著一件粉紅色的毛線小坎肩，翻出了裡面白色的繡花尖領子，下面配著一條湖水藍色及膝布裙。裙子很簡單，軟軟垂垂的，旁邊墜著兩個鬆鬆垮垮的小口袋。」這是一位年輕作家一段有關服飾的描寫，非常細節化，注意到了一件衣服的顏色、質感、搭配、觸感等，筆觸猶如鏡頭，從上到下逐一掃過。但是對於服飾這麼細緻的描寫，它究竟有什麼用？它能映襯出人物的性格嗎？還是因為作者本身關注的就是細節，儘管對作品沒有太大作用，不敵一個詞產生的力量更加精確，但作者卻不捨得刪掉這樣的段落。

這就涉及我接下來討論的一個問題，就是有效的細節跟無效的細節，我們寫了大量無效的細節。過去我們看事物用的是全景意識，現在看事物注重細節，這些細節就像電影裡的一個特寫鏡頭。比如說我坐在臺上，正常應該是看到在座有很多同學，但我現在注意力集中在某一個同學嘴角有一粒麵包渣，於是我從這個麵包渣出發，進行一個逆向思維，為什麼會有麵包渣？他早上吃飯的嘴角為什麼沒有擦乾淨？是不是跟家裡人有一個不和諧的爭吵？於是通過這個細節就可以反推一個小說，這是我們現在的一種寫作方式，我們不妨稱它為「特寫寫作」，那就是關心細節，不關心全景；關心微觀，不關心宏觀；關心情感，不關心價值；情節走向不明確，情節間缺乏邏輯關聯——這是我對這種寫作方式的一種概括。當然這種「特寫寫作」也有好處，年輕一代的語言精緻，細部精彩，尤其是句子和段落，常有神來之筆。

如果這一代作者都關心細節，那如何讓細節更加脫穎而出呢？有兩個辦法，一個是細節的豐富性，一個是細節的有效性。我們這代人一般都只能達到細節的豐富性，有效反而是對寫作者更大的挑戰。為什麼我們長大以後會更加喜歡英美的小說？因為英美的短篇小說經過嚴格的訓練，它非常的冷峻簡潔，以及準確，一個字就能擊中你。但我們還停留在追求豐富性上，豐富就會羅列大量的形容詞，可以稱之為「形容詞文學」。形容詞羅列的方式又分兩種：一種是在一個事物前要加無數個形容詞，是一種修辭上的堆砌；另一種是每個事物前都要加形容詞，好像對每一個事物都特別的敏感，但其實沒有一個著力點，不知道作者究竟要寫什麼。

這種「形容詞文學」注重鋪排，但缺少行動，人物沒有動作，只剩下一些空洞的描述。這種寫作方式其實是有危害的，它會造成情感的氾濫，以自我為中心，追求純粹的精神世界，關注人物的瞬間感受，將過去與未來、現在與未來，濃縮在一種碎片式的意象之中。字裡行間都瀰漫著很多綿密的情感，但對人物語言、行動的縝密邏輯，反而是消解的，它專注構造了豐富的內心世界來自我欣賞，卻無法對現實世界進行有效的探索和發現。

除了缺乏動作，年輕作家作品還缺乏對話，即便是對話，也少有直接引語，多是間接引語，不是盡力還原人物的聲口，只是加以轉述，將原本豐富性的多層次話語，轉述為淡漠或嘲諷的調子，使得角色變為敘述者掌控的影子。筆下人物往往靠情緒，而非靠動作推動，這樣的好處是情緒渲染充分，缺點是人物無法形成有效的交流和互動，各說各話，各行其是，並非真實世界的一隅，而只是個人經驗的膨脹。

除了電影對文學的影響以外，流行音樂、遊戲對寫作也產生了影響。對於歌詞的熟悉，使得作品裡常出現漂亮的警句，可以摘抄在本子上，也可以成為網路上的簽名檔，演變為一種「格言體寫作」。將遊戲思維運用在創作中的成功例子是郭敬明，他的兩部代表作《幻城》和《爵跡》，都採用了遊戲模式。《幻城》的情節設定採用了一種闖關遊戲模式，同時也是一種角色扮演遊戲，讀者扮演了卡索這個單一角色，在虛擬的世界中，通過遊戲指定的規則，依靠攻擊動作，達成目標，遊戲的視角一直集中在主人公身上。《爵跡》更像是一個大型互動網路遊戲，可選擇扮演的人物眾多，每個人都有不同的法力，有時為了打敗一個共同的敵人，協同作戰，有時為了獲得對方身上的魂力，彼此交戰。郭敬明的《爵跡》已經改變了傳統小說的寫作模式，在人物設定初期，先給他們發明了一套遊戲運行法則，設計出許多專有名詞，諸如「奧汀大陸」、「使徒」、「魂獸」、「爵印」、「賜印」、「預言之源」、「白銀祭司」等，各有專門解釋。瞭解這些專有名詞以後，讀者才能粗略看懂整個小說的架構。這是一個志向宏大的設定，已經無法由作者一人完成，像網路遊戲一樣需要團隊的開發和協作。在推出《爵跡》的同時，郭敬明旗下公司的作者還推出了《爵跡．燃魂書》，「全面解讀《臨界．爵跡》裡的神祕大陸、世界觀、史實背景、戰鬥力分析、角色性格、伏筆解析、懸念提示」，這本書與其說是文學評論集，不如說是一本電子遊戲的攻略。

在這個文學生產方式日新月異的時代，或者不管是任何什麼時代，對一個有追求的寫作者來說，他需要的品質，仍然是跟古老的寫作技藝相同——誠懇地寫出自己的卓越。

張檸：

霍艷是通過電影來討論文學。她認為，在文學的生產方式發生重大變化的今天，不能忽視電影。她也認為，電影作為一種「文化工業」，並不是一個絕對的「否定性」的詞彙，它裡面有許多肯定性的東西。比如，在一個影像作品的縫隙之中，有詩性的成分，像是畫面、色彩、表演等各種有效的藝術性的細節。同時，她還討論到細節的有效性的話題，在影像作品和文字作品之間的互補性，或者說「喚醒功能」，都是很有意思的觀點。下面我們請大陸青年作家阿乙發言。

阿乙：

不好意思，我可能是嘉賓裡學歷最低的，所以我就講一些空洞的事情。說到跨界演出，我想到張學友和劉德華。能跨界的，一般都具有超人的能力和精力，同時也跟這個人是否熱愛生活，是否自信有關。有時候還跟他是不是一名官員有關。因為當官的人，他在書法、繪畫、哲學方面都能表現出獨特的天賦。例如蔣介石先生，還有邱吉爾、史達林，他們都是偉大的跨界演出者。在古代，孔子說過「君子不器」，就是說人不能只掌握一門技藝，他應該是一個多才多藝的人。但是在現代社會裡面，一個人具有多方面的才能，往往會表現得可疑。

我有一個朋友，他寫小說，眼看就要寫成了，突然他就變成一個畫畫的。然後，他問我，我畫得怎麼樣？我說，你畫得非常牛。他說，那我送你一幅。我看著他的畫，覺得他腦筋裡面搭錯了一根弦。他突然想著要去跟梵谷競爭，我就覺得他這個人生毀掉了。但是我們生命中往往有很多這樣的事情。我是比較講純粹性的，不太喜歡跨界太多。像高行健他有一個著名的簡歷，講他寫了什麼戲劇，也寫了什麼小說，比如《靈山》、《一個人的聖經》等。然後也講他著有《現代小說技藝初探》。這是本什麼書呢？我就覺得這個人的名聲被這本書消解了一些。他在我心目中的形象，一下從一個文學家變成為小書攤攢書的人。這本書出來，對當時在寫作的作家非常有啟示，但它會折損一名諾獎得主的聲名。此外他又畫畫。另外一位諾貝爾文學獎得主莫言，寫得好，然而也有其左手書法流行於世，也會折損他作為小說家的純粹性。

我小的時候，我的父親展現了非常高的藝術天賦，我記得家裡壁櫥上的畫都是他畫出來的，他是琴棋書畫樣樣精通，後來因為這些東西並不能緩解我們小孩的饑餓問題，他又意識到浪漫不能換飯吃，藝多不壓身，卻把我們家都搞窮了，因此他就在我們家立下規矩，誰也不能去玩太多的東西，不能看太多的雜書。這樣也就導致我看到別人在展示多種才能的時候，會本能地質疑。我不會兼項。我曾經寫過詩，發現自己不適合，就去寫小說，但不再寫詩。後來我就發現一個規律，又寫小說又寫詩的，成功的例子非常少，你看馬奎斯他會寫詩嗎？你看余華他會寫詩嗎？蘇童他們去寫詩嗎？他們都不會去寫詩，詩人過來寫小說可以，但是寫小說的過去寫詩就會很為難。

不過，我倒是非常支持什麼都吸收的態度。我覺得寫小說就得包羅萬象，應該把外面很多雜七雜八的東西都吸收進自己的思維內。現代寫小說的，必須懂得電影的好處，懂得昆汀、懂得《通天塔》和《暴雨將至》的好處。另外我知道，余華、格非在寫作的時候都會依賴於交響樂，依賴於古典音樂。

張檸：

阿乙對跨界並不看好，看來阿乙是個悲觀主義者。他覺得自己只能用一種材料（語言文字）來表達，對其他的東西表示懷疑。下面請葛競女士發言。

葛競：

其實我覺得剛才阿乙老師的發言還挺針對我的，我很想講一講。本來我看到這個題目時，覺得簡直就是為我設計的。我是北京電影學院的老師，負責的專業是動漫繪畫，就是編寫動畫和漫畫劇本的，而我自己的寫作領域是兒童文學。所以聽完阿乙老師講的跨界的不可靠，和跨界可能造成的種種危害之後，感覺對我的人生產生了一定的懷疑。但是我還是要從我的角度講一講這幾個領域，尤其是兒童的領域對純文學領域所做出的巨大貢獻。

我有可能是在座中最早出書的，因為我的第一本書是在我十三歲，一九九〇年的時候在臺灣出版的。後來也是因為我出第二本書，才有機會第一次來臺灣參加一個文學方面的研討會。所以我覺得可能在大陸與臺灣的成人文學界有比較多的文化交流之前，其實兒童文學界已經有了比較密集的交流。那次我來臺灣印象非常深刻，那時候我剛上大一，我的姥爺在臺灣，當時已經九十歲了，所以我到臺灣來開研討會的時候，他出席我的研討會，然後當主持人介紹說這是作者的外公，那時候我覺得他是非常自豪的。所以那次來臺灣讓我印象很深刻，一方面覺得臺灣很親切，另方面也是覺得寫作帶給自己一種自豪感。

我是一個兒童文學作家，雖然我可能年紀不是很大，但是因為我寫作比較早，所以我應該說經歷了大陸兒童文學近二十年發展的一個歷程。從可能二十年前這是很偏門、很冷清的一個環境，到現在非常的熱鬧，如果有人關注到每年的「中國作家富豪排行榜」的話，你會發現它基本上由三部分作家組成，一類是網路作家，一類是兒童文學作家，當然還有一類是跨界的寫作者，比如說某個明星、某個名人寫的一本書。這裡面的兒童文學作家，當然既有寫通俗的圖書，我們把那類書稱為童書，但是也有一大部分其實真的是文學性非常強的作品，像是沈石溪老師、曹文軒老師的作品。我覺得他們的書，能夠被那麼多的孩子讀到，跟整個兒童閱讀的推廣有非常大的關係，而且這種閱讀推廣，我覺得對於兒童讀者來講，有著非常大的意義。

有人說把這之前的十年，稱為兒童文學的黃金十年，因為大陸的兒童文學發展非常快，有更多的作者來寫兒童文學，有更多的讀者來讀兒童文學，可能兒童文學從之前的幾萬冊發行量，到現在有了單本超過一千萬冊的發行量，有的兒童文學開印就是二百萬冊，這就說明出版社對兒童文學的一個信心。可能有些人會覺得，它是不是把整個兒童文學的發展和出版方向，引向某種太商業化或者是太注重發行量的道路？其實我覺得未必如此，有更好的商業企業，書被更多的人看到，其實會吸引更多的作者，讓更多年輕人投身到這個行業。在這個繁榮發展，大浪淘沙的過程當中，實際上會有更多好的作品湧現出來，兒童讀者的閱讀趣味也會因此提高。所以我覺得大陸兒童文學發展的黃金十年，當這批愛讀書的孩子長大之後，他們就是純文學讀者的中堅力量，他們當中必然會湧現出很多愛文學的人。兒童文學這樣一個繁榮的發展，我覺得反過來，它其實是對十幾年後，二十年後的成人文學，有著非常巨大意義的一件事情。

我再跨一下界，這種影響力從動漫的發展成功已經看到了。在十幾年之前，大陸的動畫，影院動畫是沒有什麼觀眾去看的，尤其不會有成人觀眾去看，大家進電影院都是要看迪士尼大片，看日本的動畫大片。但是就在去年，大陸湧現了票房非常好，同時口碑也好的影院動畫，比如《大聖歸來》、《大魚海棠》，有人還開玩笑說一部動畫要想賣得好，一定要起四個字的片名，用大字開頭，《大鬧天宮》、《大聖歸來》、《大魚海棠》。這當中除了動畫產業水準的提高，我覺得其中不可否認的，一個非常重要的原因，是那一批從小看大陸動畫長大的孩子，他們開始到了自己走進影院，去買票看電影，自由選擇的那個年齡，他們有這樣的一個消費習慣，他們喜歡中國的作品，所以他們長大以後，會成為全齡動畫的觀眾。從這個角度來講，就是兒童文學反過來對未來成人文學有著非常大的一個意義。

另外還有一點，我記得有一次跟作家聊天的時候，他們就問，為什麼寫兒童文學啊？是不是因為兒童文學掙錢特別多啊？當時我想，那麼短的時間我用哪個詞來反駁？我說，我是覺得我的讀者對我特別忠誠，比成人讀者要忠誠得多。我得解釋一下，我寫作追求的是我的作品，對於我的讀者能夠影響得深和影響得遠，這個深就是到達他精神深處的那個層次。我覺得兒童讀者，對於一本書的投入程度和他們付出的感情，以及這本書會在他們的人生當中留下的烙印，的確是成人讀物在這方面不能夠相比的。我有時候會收到讀者的信，說他十幾年前讀到一本書，那時候他上小學六年級，現在他上大四，但是他當時是什麼感受，他要跟我講他十幾年前的那個感受。所以我覺得兒童閱讀某種影響來講，它不是所謂的必須，它是有緊迫性的，因為只有在那個年齡他讀到好的作品，才能夠在他的生命中留下不可更改的，乃至於延續到他成年的一個烙印，這是一個非常重要的意義。

另外一點我覺得是遠，因為現在很多兒童讀物會有一個爭論，就是所謂圖書有些通俗性的東西，那為什麼小孩喜歡那麼通俗的東西？不過我覺得，隨著時間的流逝，這個成長的孩子，他會有所選擇，那些真正打動他的作品，他會記住，他會懷念，他會想念這個作者，那些沒有真正打動他，只是感官性的作品，他自己會在記憶當中把它淘汰掉。

張檸：

葛競介紹了大陸兒童文學和兒童讀物的基本情況，也介紹了近幾年來，大陸兒童文學市場化的一些狀況。市場化並不意味著文學性不強，有些市場占有量非常大的作家，其文學性也非常高，比如安徒生獎得主曹文軒先生就是一個代表。

另外，兒童文學這個學科，它是一個奇怪的問題，因為我們不知道把它放在哪兒，它既跟外國文學有關，又跟古代文學有關，還跟科幻文學有關，跟美術有關，所以我們不知道把它放哪。在北京師範大學，是把它放在中國現代文學這個學科下面的一個方向，不知道臺灣師範大學把它放在哪兒。這說明它生命力很頑強，隨便你把它放在哪，它都無所謂，它都很牛。第三個就是介紹了大陸動漫的一些情況。早些年，兒童們都在看日本、美國的動漫，這幾年開始，大陸的動漫也起來了，比較樂觀了。這種趨勢下，日後出現《功夫熊貓》或是宮崎駿那樣的著名作品也只是時間問題。接著請王小王發言。

王小王：

文學的跨界確實是一個非常大的話題，尤其在今天，更發展出很多可以討論的層面。我覺得每個人其實都是文學跨界的經歷者、感受者和體驗者，因為今天文學的跨界已經深入到各個領域，並且正在毋庸置疑地影響著我們的生活。其實也可以反過來說，因為我們生活方式的改變，從而使得文學也在發生著某種方面的變化。互聯網的迅疾發展使文學產生了另一種分類方式，網路文學作為一個專有名詞出現了。文學通過網路實現了一種跨界。現在大陸的網路文學極為發達，有一個網路平臺提出了「文學＋」的說法。我們都在提「互聯網＋」，那現在文學通過互聯網的跨界已經引發了一個新的名詞：「文學＋」。

今年七月，中國新聞出版研究院主辦的二〇一六中國數字出版年會上發布了《二〇一五—二〇一六中國數字出版產業年度報告》，報告顯示二〇一五年國內數位出版產業整體收入規模為四四〇三．八五億元，比二〇一四年增長三十％，數字出版產業收入在新聞出版產業收入的總比由二〇一四年的一七．一％提升至二〇．五％。數字出版產業的增長已經是極為迅速，收入總量也非常的可觀。那在這麼巨大的資本推動下，文學也變成了被快速消費的物件。資本力量需要將文學的全部價值壓榨出來，讓它變成更具消費力的東西，更賺錢的東西，變成影視，變成遊戲，變成各種衍生產品。資本介入文學，這就必然要產生一些問題。

資本要的是「文學＋」的加號後面那個部分，它就需要加號前面的「文學」產生得更快，更多，以期盡快地、盡可能多地擁有投資回報。在這種情況下，文學有一些東西會被扭曲。比如從文學的影視改編上看，現在影視的母本主要是依賴網路文學。影視公司都瞪大眼睛看網絡上什麼小說人氣最高，他們不考慮這個東西的內在，只想它能否賺錢。我們長春的電影製片廠有時候會邀請一些作家看片、座談。前一段時間我們一起看了張嘉佳的《從你全世界路過》，我們都是好不容易逼著自己將電影看完，期待後面能看到些亮點。然而最後是完全失望的。可是這樣一部電影，它的票房竟然達到八個億，這其實是個挺可悲的事情。這個電影的母本就是張嘉佳在微博上貼出的愛情故事，網上火得一塌糊塗，影視公司馬上就盯上了。後來看到網友分析這類爛片火起來的原因，有人說現在進電影院看電影的主體觀眾群是二三線城市的小情侶，小情侶看什麼電影又是女孩子說了算，所以我們的電影製作的品位是由這些女孩子的品位決定的。

不管這種說法是否有道理，事實上我們就是看到了在資本力量下的一種惡性循環，投資方、出版方，甚至很多寫作者，為了賺錢，一味地去迎合讀者和觀眾；反過來，讀者和觀眾長期受到這種東西的浸潤，變得越來越空洞。現在這種境況，我們所有人都是有責任的，我在想是不是應該有一些反向的力量去主動對抗這種浮躁。這個當然是比較困難的，但是我覺得作為一個寫作者，或者是出版界、影視界，大家都應該持有一種良知，應該抱持文學最本質的、最根本的那些東西，去對抗這種扭曲之力。

雖然我剛才講了些不好的體驗和感受，但是跨界肯定是文學的應有之義。從《詩經》開始所謂「跨界」就已經存在了，民歌和儀式上演奏的歌曲被整理成集，成為詩歌經典，它就是跨界演變而來的文學。到今天鮑勃·狄倫獲得諾貝爾文學獎，那又回到了這個歌與詩的跨界的顛峰。也有很多優秀的影視作品是從文學的母體脫胎出來的，比如電影《鐵皮鼓》（臺譯《錫鼓》）和《香水》等，以及《紅高粱》、《一九四二》、《活著》、《天下無賊》等。它們以文學為本，加上影視元素的再創作，形成了獨立於原著之外、非常好的影視作品，這樣的跨界是對文學的發展，也是跟文學的互補，它帶給我們全新的藝術感受與啟迪。我們呼喚這樣的跨界，也應該盡自己的一份力量去支持，去推動這樣的跨界。

文學的跨界我覺得還有第二個層面，那就是文學類型的跨界。類型文學在大陸的發展也主要是靠網路文學來推動的，我個人認為整體的品質還是比較低。國外有非常好的類型文學，比如以阿嘉莎·克莉絲蒂為代表的推理小說，日本的東野圭吾也是近年非常好的推理小說作家；再比如《哈利波特》等奇幻文學。好的類型文學並不缺乏文學的特質，在帶給讀者文學享受的同時，也向讀者敞開了一個新世界。中國當然也曾有好的類型文學，就是以金庸先生為代表的武俠小說。在今天，我覺得發展最好、最快的應該是科幻文學，以劉慈欣的《三體》獲獎為標誌。阿來老師在一九九〇年代擔任《科幻世界》主編的時候，科幻迷們都公認那是《科幻世界》最頂峰的時期。阿來老師創辦了一個欄目——我剛才還跟阿來老師求證了一下——叫做「界外」。所謂「界外」指的是科幻界之外，這個欄目發表的都是純文學作品，帶有科幻元素的純文學。我記得有梁曉聲的《浮城》，還有馮內果的小說。當時給我的震動就很大，突然發現純文學也可以去容納，去關注這樣的題材。

近幾年我覺得科幻的元素越來越在純文學的領域裡出現，有一些非常好的作品。那麼科幻文學的發展，我覺得已經成為中國類型文學的一個突破口。這種跨界也帶給我一些思考，比如說，我在想科幻文學為什麼在當今能有這樣的發展？時代走到了今天，科技對我們的影響已經越來越大，每個人都不能忽略科技給人類社會，給個人生活帶來的各種震動。科技的發展也讓人類有能力去關注宇宙的奧祕，而且也讓我們對未來產生了焦慮，我們到底該向何處去？文學是人最本質的，內心最深處那些東西的自然表達，所以人類的這種主體需求，在我們的文學類型中開始反映出來了。人類經過生存與欲望的掙扎後，開始回歸終極追索，我們通過科幻文學去思考未來，同時又回望人的最初。比如說馮內果的《貓的搖籃》，這個小說讀後給我的感覺是，它既讓我們思考人類終極的那一天，也讓我們思考人類之初的那個時刻。科幻文學，好的科幻文學，絕不僅僅是消遣和休閒的讀物，它是沉重的、廣闊的，連通歷史、現實跟未來。這是我對文學在類型層面跨界的一點感受。

第三個層面，我覺得還可以進入文學的內部看它的跨界。我們現在的文學研究也在強調跨界研究，即從人類學、社會學、美學、心理學等等各種學科的層面去進入文學內部，進行多角度、多理論的文本分析，將作品的藝術形態和社會價值更充分地解剖呈現。反過來我們作為讀者，也應對作品有多層面的認識和解讀。很多偉大的文學作品，自然內含著龐大的跨界資訊，能夠讓我們更清晰，更廣泛地認識這個社會，同時也能對各領域的研究產生幫助。比如說《紅樓夢》裡的各種服飾、美食、建築、習俗以及詩詞歌賦，就提供給人們很多跨界研究的參照，也帶給讀者更多的知識和感受。

文學的跨界是如此的豐富，從其功用、類型，以及文本的內部，它都在跨界，它既是最龐大的，也是最細微的。就像張檸老師說的，文學是母體，它孕育更豐饒的世界，包羅萬象地滋養著人類。

張檸：

王小王討論了「文學跨界」這一話題正反兩個方面的問題，其中讓我特別有興趣的是，她給出了互聯網時代「文學跨界的必然性」，這樣一個判斷。第一是，比如說，作家可以通過其他藝術形式，來學習結構，長篇小說到底是什麼結構，我們是不是還要再像《三國》、《水滸傳》、《紅樓夢》那樣去架構一部長篇小說呢？我們怎麼架構這個時代的長篇小說？我們作家是通過看電影去學習結構。還有一種說法，在我們這樣一個破碎的時代，在我們這樣一個結巴巴的時代，我們怎麼讓我們的敘事流暢起來。比如通過古典交響樂的方式，來獲取敘事流暢性的靈感，這也是一種發現。第三，我們還可以就類型文學對於傳統精英文學的幫助，比如說，偵探小說就是長篇小說敘事結構的一種非常好的方式。阿根廷作家波赫士曾經提到，說偵探小說留給我們的偉大的遺產，是教我們怎麼結束，而不是怎麼開頭小說。王小王的討論，使得我們對文學跨界這樣一種原本就存在的事實，以及它的前景更有信心了。

我總結一下六位作家對文學跨界的意見，贊成與反對，是四點五與一點五的比例，也就是說，六個人裡面，有一點五個人不大支持跨界。其中一個反對者是阿乙，零點五個反對者是王小王。王小王是對「互聯網＋」時代的資本的力量有警惕，對資本力量對文學的控制有疑問，有擔憂。所以我算他零點五個。剩下的四點五個，是支持跨界的，而且理由是非常充分的。那麼我覺得王小王後面談到的幾個理由，是非常好的，因為跨界是必然的。作為一個作家，他需要創新，他必須跨界，他不可能在《紅樓夢》裡再生出什麼東西來，在《三國》裡再生成什麼東西，在托爾斯泰的《戰爭與和平》裡面再生出什麼新的問題來，所以他必須跨界。跨界實際上是讓作家，為作品創新插上翅膀，這也是我個人的觀點。謝謝大家，也謝謝六位作家。

閉幕式

胡衍南：

各位作家、還有參與的朋友們，這個活動很快就要結束了。我們再次感謝遠道而來的近二十位大陸作家，以及臺灣二十幾位作家的參與。時間非常有限，而在一天半的時間裡面，我們又選了五個主題，進行五場對話交流。作家們大致上都只能有一輪，最多是兩輪的發言，所以勢必有很多問題還不能展開。但是，我想向前來聽講的這些朋友們說一句真心話，就是作家的交流，其實不見得是我們這次活動的主要目的。我們希望透過作家之間的對話交流，讓在場的參與者，特別是年輕的，熱愛文藝的讀者、作者，能夠在作家之間的對話裡面，找到一些靈感，找到一些力量，或者需求到一點安慰。

所以非常感謝，這兩天裡來參與這個活動的朋友們，我希望未來透過全球華文寫作中心這個平臺，我們彼此一起努力，一起成長。謝謝大家。

「兩岸文學對話」與會作家合影。

國家圖書館出版品預行編目(CIP) 資料

兩岸文學對話錄 / 文訊雜誌社主編. -- 初版. --
臺北市：文訊雜誌社, 2017.08
面；　公分. -- (文訊叢刊；39)

ISBN 978-986-6102-30-1(平裝)

1.文學 2.文集

810.7　　　　106014748

文訊叢刊 39
兩岸文學對話錄

策畫　國立臺灣師範大學全球華文寫作中心・中國現代文學館
主編　文訊雜誌社
校對　杜秀卿・呂佩珊・涂千曼
出版　文訊雜誌社
地址：10048台北市中山南路11號B2
電話：02-23433142　傳真：02-23946103
電子信箱：wenhsun7@ms19.hinet.net
網址：http://www.wenhsun.com.tw
郵撥：12106756 文訊雜誌社

印刷　松霖彩色印刷公司
發行　聯合發行股份有限公司
初版　2017年8月
定價　NT$220元
ISBN　978-986-6102-30-1